宋·黄公度 撰

知稼翁集

中國書店

詳校官助教臣常循

臣紀昀覆勘

欽定四庫全書　　集部四

知稼翁集　　別集類三　南宋

提要

臣等謹案知稼翁集二卷宋黃公度撰公度字師憲莆田人紹興戊午進士第一歷官考功員外郎文獻通考載公度集十一卷卷端洪邁序稱公度既沒其嗣子知邵州沃收拾手澤彙次為十有一卷卷末載有沃跋亦稱

故笥所存塗乙之餘纔十一卷均與通考合
又通考詞曲部別有公度知稼翁詞一卷合
之當為十二卷此本為天啟乙丑其裔孫崇
翰所刊稱嘉靖丙午得於陝西謁選人乃前
朝秘府之本尚有御印然併詞集合為一編
僅一百三十四頁分為上下二卷似不足十
二卷之數豈尚有佚遺歟公度早掇巍科而
卒時年僅四十八仕宦不達故宋史無傳肇

慶府志稱其爲秘書省正字時坐貽書臺官言時政罷爲主管台州崇道觀過分水嶺題詩有誰知不作多時別依舊相逢滄海中之句時趙鼎方謫潮陽説者謂此詩指鼎而言遂觸秦檜之怒令通判肇慶府云云殆亦端慤之士不附時局故言者得借趙鼎中之歟其詩文皆平易淺顯在南宋之初未能凌轢諸家然詞氣恬静而軒爽無一切澒涊齷齪

之態是則所養為之矣公度别有漢書鐫誤今已佚此本從他本掇拾二段併佚詞一首附之卷末今亦併錄之焉乾隆四十九年八月恭校上

總纂官臣紀昀臣陸錫熊臣孫士毅

總校官臣陸費墀

知稼翁集序

乾道五年冬順昌令黄君沃書抵中都來告曰先君考功力學半世雖得一第而仕不克顯平生所爲文僅十一通願得序引以冠其首余方備機政未暇也越明年出守長樂郡復多事少暇隙又明年順昌使其弟淯來責前諾仲秋既望積雨乍晴天氣澄爽退食郡齋回取考功文徧觀之典重温雅如其爲人其詩格律森嚴典寄深遠雖未盡追古作要自成一家間與予里居唱和

數篇余讀而深悲之公以文章魁多士有盛名於時胸中灑落議論宏壯識者期之甚遠而官止外郎年四十八以殞所以傳世垂後者止此而已是可傷也昔白樂簡公禮接益衙之弗舍坎壈摧揠無復有為天下惜人材之意一旦遇主則死及之嗚呼公既以詞賦壓奎躔故於詩尤精大氐鏗鏘踔厲發越沈郁精深而不浮於巧平澹而不近俗與强名作詩者直相千萬風檣陣馬不足呈其勇犀渠鶴膝不足侔其瑰悲秋之句曰追追

別浦帆雙去漠漠平蕪天四垂雨意欲晴山鳥樂寒聲
初到井梧知吾不知謫儒少陵以還大曆十才子尚能
窺其藩否公既没其嗣子郃州君沃收拾手澤彙次為
十有一卷詩居大半焉它文悉從肺府源深流長追樂
府詞章宛轉清麗讀者咀嚼於齒頰間而不能已惟其
不沽於用身不到鑾坡鳳閣中鋪揚太平之閎休其所
表暴如是而已魏國陳丞相既序其首而郃州又欲予
贅語于後憶四十年前與公從容於番禺藥洲之上予

作素馨賦公蓋戲而及之異於不相知聞者茲不宜辭若平生事業則有參知政事龔公吏部尚書林公之銘在慶元二年十月庚申煥章閣學士宣奉大夫提舉隆興府玉隆萬壽宮魏郡公鄱陽洪邁序

知稼翁集卷上

宋 黃公度 撰

賦

省試天子以德為車

治盛天子尊臨帝居每安行而在德遂取用以為車獨操馭世之權履茲寶位克廣長民之道端若安輿夫惟上纂洪圖俯綏赤子外以動化於羣下內以操修於一

已正宸心而御極其術何先運大德以為車莫安於此豈不以貴主大器富包普天一猷為兮立兆民之表正一號令兮舉萬國以風傳是必動有彝訓事無過愆稟聰明睿智之資坐而撫御體篤實輝光之大用以周旋由是儼萬乘之威儀聳羣方之瞻視為輗軏以寓其賞罰謹銜轡以張其綱紀恭儉無爾偽之載忠信有在衡之倚其用若是非德曷以言無不聽前瞻進善之旌政在必行下順納民之軌懿夫名德之輿也名久必泯權

主之車也權傾則危曷若此厚以載物動而中規同五
帝以載驟與三王而並馳世底安寧之治上無顛覆之
為出必自於聖門靡聞過舉行每遵於王路罔蹈非彝
故得仁義由行兮虞舜與稽聖神廣運兮唐堯是則器
蔑小人之盜輿有君子之得侍從僕御無非正乘豈假
於王良出入起居罔不欽諫何煩於廣德厥後循治軌
者世乏顯顯蹈覆轍者日益駸駸不能任重而致遠豈
知執古以御今以至化不流行無復置郵之速治亡祇

懼徒嗟朽索之臨上方慎保基圖務綏黎庶中以視履
動而順豫既無隕越之失又絕奔馳之慮然則有大物
者無他在審其御

解試和戎國之福

上聖圖治遠戎請和民獲安而不擾國膺福以滋多俯
親庶俗之情信行蠻貊誕保有邦之祐時戢干戈嘗聞
帝王盛時不無蠻夷猾夏治失其術則咸尚詐力御得
其道則悉歸陶冶惟天子修盟講好德莫厚焉俾戎人

稽首稱藩國之福也莫不膚使交聘丹誠遠通厚賜之子女玉帛俾修其朝覲會同用珪章而結好無甲冑以興戎我無詐而爾無虞遐陬內附災不生而禍不作百順來崇時其萬國懷柔四方澄寂內不聳於邊鄙外靡擾於夷狄措乃國於寧鼎脫斯民於鋒鏑良由禮招攜而柔服故得道建極而敷錫揉茲荒裔俾為不二之臣介爾中邦永保無疆之歷大抵異域之情兮乍臣而乍叛中國之治兮或替而或昇征之弗克者尚且聞於敗

𡚁絶之弗通者猶未免於憑陵曷若此無老師而耀武
無好戰以矜能下有方來之比福如川至之增所以事
彼昆夷果見周家之盛會於戎子因知晉室之興彼有
湯后征南宣王伐北或隆肇造之業或啓中興之德雖
曰奉天而致討豈不蠹財而傷力必也禮懷遠裔道交
鄰國鞏王業以永固祐聖時於罔極氊裘氣暖行觀塞
草之長沙漠風清坐見邊烽之熄前古既遠後王不思
惟務力制類非德綏𠋫空虢於定遠將徒勞於貳師閉

玉關而謝質者不聞世祖罷朱崖而切諫者無復捐之殊不知秦帝擊戎必底亂亡之患武皇征寇迄成虛耗之危上方敦庬澤以撫綏冀狼心之輯睦務使邇安而遠至蔑有兵窮而武黷故勤勤然誠意以通和駢臻百福

解試賢人國家之利器

賢進在位時稱得人為國家之利器實社稷之名臣挺生命世之英素韜大業推作有邦之用宰制羣倫惟王

以一己之微受四方之寄謂萬幾尤難於獨斷非衆材
孰與之共治顧此先知先覺是謂真賢施諸有國有家
茲為利器文武兼備功名兩全國論未當兮斷制爾待
政體未善兮剸裁爾專基永隆於不拔患潛消於未然
足倚大事斯為巨賢五百年哲匠間生才名不世千萬
里遐衝坐折英鋭無前挺竒草澤之間露頴巖廊之地
昔之窮也固嘗蓄鋭以待敵今之逹也詎可藏鋒而避
事故或小而製錦兮恢恢遊刃之施大而補衮兮恪恪

官箴之備隱而未見姑為囊穎之藏動則有成豈若鉛刀之利彼有稱為大寶者蓋有取於瑰奇號以重器者示可鎮於傾危未若此剛節素稟堅忠不移厲其鍔則清廉之操淬其銛則智勇之資其用若是何利如之儻令追琢文章詞鋒益銳假使削平禍亂智刃攸靡茲蓋有學校漸摩兮與之陶成有爵禄砥礪兮使之勉飭動每濟世功斯利國專外閫則排折患難立中朝則剪鋤姦慝良由上聖之善任遂使百工之効職邦有史魚之

矢直道而行邑皆言偃之刃歌聲不息厥後任文吏者但事刀筆為武士者孰宣爪牙位徒衆於上列利何補於公家譬終日操鏞而薄効不就雖窮年用力而寸功莫加遂令頌激王褒鑄將求於巧冶賦陳賈誼鈍切嘆於鏌鋣惟古聖明求兹英俊以敵愾則援干櫓於禮義以禦侮則全甲冑於忠信由是而治天下焉其有餘刃

詩

偎霞道中阻雨

薄暮雨霏霏歸心恨不飛客程三日阻家舍半年違潤溢水爭道山空雲觸衣憑誰洗光手取出太陽輝

題金沙驛

閩越飽溪山何如蜀道難驛行仍怯嶺舟駛復憂灘行李三秋杪居民百戰殘今宵投宿處茅店倚層巒

過使華亭悼亡友 緣赴試漕臺覆舟於此

惡石亂峥嶸胡為君此行功名成底事舟檝悞平生天遠寧容問灘流本自鳴林猿如會意故作斷腸聲

奥村晚望

山逐寒雲斷天隨暮靄低稻畦迷上下樵徑自東西故國存書劒他鄉尚鼓鼙涓埃期補報未敢卜幽棲

初秋夜坐

納涼北窻下景象有餘清林暝惟螢影庭幽但竹聲語闌驚坐久露重覺衣輕不寐饒詩思徘徊參斗横

久雨阻西郊之遊

忽忽春將半冥冥雨未休過從喧屐齒追賞負觥籌詩

句那排悶鷺聲巧喚愁晴郊饒勝槩何日許同遊

和宋永四兄集句 泳

時事干戈裏年光卷帙中有懷憂社稷無力靖華戎世路日多梗齋扉晝掩蓬悲歌撫長鋏爽颯氣摩空

會同年共樂臺

蘭省三千士莆陽十五人此時鄉曲會異日廟堂身名塞乾坤隘恩沾雨露新天邊三鴈遠回首獨凝神

賀孫史君 藎

文宿動三吳于門應大儒中秋寒律近九葉瑞蓂敷錦
被棲郎舍朱幡鎮海隅金鰲淹從稾銅虎暫分符德蔭
紛桃李仁風暖袴襦祝公椿壽永千歲賛蘿圖

次韻宋永兄傷時二首

舉目江河異傷心漢闕低未聞戎折北誰復將征西志
苦甘嘗膽身先願孰鼙時惟王事急六月尚棲棲
目斷吳天遠魂飛楚塞低六龍尋漠北萬騎遶淮西寒
月籠烟燧霜風遞曉鼙征夫蝴蝶夢休傍故園棲

和徐子由壽仁兄題晝寂軒

木落孤城迥苔封古寺深結廬依近地隱几愜幽心細

草秋仍綠脩篁晚更陰紅塵門外路六轡漫如琹

戲集老杜句再和

背堂資僻遠要路亦高深未負幽棲志回看不住心寒

花隱亂草飛鳥度層陰獨遶荒齋徑新詩近玉琹

次方咨謀疇韻賀鄭宋英弄璋

渥洼產龍種莞簟兆熊禧木星光芒舒紫焰玉出崑山

珠出隋徐卿憂何有于門高可期啼聲已識是英物成
立行看少壯時瓦盆盛酒醺四座我獨不許陪宗支眼
穿難望葱牙鎰吻燥不沾荷葉卮涓滴於人甘分絶枯
腸强索祝兒詩祝兒效張良熟讀韜鈐為帝師祝兒效
陳平磊落胸中吐六奇天驕捧首遁漠北豈容郊壘尚
纍纍勿效文章致身者畫餅虚名天下知

松峰菴即席示同年

才子連鑣俯近坰霜風散逐馬蹄輕芳樽屢約同年會

要路行看異日情境僻却嫌絲管沸坐闌轉覺笑談清
松峰自此宜高價不使慈恩獨擅名

谿諸同年和章久之無耗再用前韻

勞君攜酒出郊坰强緝巴詞醉墨輕我輩詎能捐習氣
伊人底事寡詩情漫令抆目朝朝望無復揮毫字字清
冷淡生涯殊不惡想應着意諱窮名

庚申元日

蹣足度殘臘回頭又一年文書疎病眼事業付高眠盥

櫛從朝懶衾裯覺夜便南鄰競春色車馬日喧闐

陪孫史君宴歸路口占呈應求宋永二兄

五馬風流在昇平笑樂空時難寸心異歲晚一樽同畫
角寒雲外藍輿暮雨中歸來狎兒女殘燭耿紗籠

早春紅梅盛開有感

不與雪霜分素艷却隨桃杏競芳辰自知孤潔羣心妬
故着微紅伴早春

少年桃李競青春回顧寒梅已丈人强欲施朱追俗好

誰知飜是失天真

正月晦日寄宋永兄

萬事縈心空歲月一分春色已塵埃簷間雨脚何時斷陌上遨頭幾日來寒東幽花如有待風延啼鳥苦相催明年此會各南北趍取官閒共酒杯

和陳應求俊卿甫韻兼呈方次雲翥

策蹇衝泥到野扉故人相對破愁眉話因别久卒難盡情逐杯深那更辭十里雲山乖素約一番桃李負幽期

蕭蕭半夜空階雨亂滴空腸百斛詩

次雲見過留宿有詩因賡其韻二首

茅舍囂塵外青燈笑語中相逢今夕歎忽憶去年同旅澁傾無緑爐寒撥更紅卧聞窻雨響簷溜受斜風

惜别情無賴狂吟意有餘琴尊閒院落花柳暗村墟行樂真聊爾論交莫後予裏糧山下約來往未應疎

家僮歸得王慶長宓消息知留浙中秋舉

倦僕去復返憐君歸未能吟餘幽砌月夢破短檠燈地

僻人稀到書成鴈莫憑愁秋風霜翮健天末看飛騰

春日懷王慶長

夜雨纔霑地朝暉已照墻潤畦舒菜甲暖樹拆茶槍寇敵潛沙磧關河息戰塲王孫緣底事萍迹久他鄉

久不得浙耗

獨酌澆愁酒慵翻信手書折腰行俗吏投足且吾廬歲月鶯聲老江湖鴈影疎依棲五侯第旅食近何如

贈弟稚圭桂別

行色動高蓋題詩寄短牋離亭春草外吉水暮雲邊鵰鶚摶霜翅驊騮受玉鞭槐黃須努力好語及秋天

寄呈察推二兄廷直 埴

尺素書憑雁足傳側身吟望楚江邊關山去我仍千里風月思君閲二年蓮幙宦情今好在莆川春色故依然相逢若問官閑事為道簏裘飽晝眠

漫成

時事含糊裏年華轉燭間利名多噂沓貧賤覺安閑致

主知無術歸休幸有山茅堂一尊酒時得慰愁顏

千里共明月

僊掌露初凝高空月迥明雪霜千里色關塞一時情永夜驚烏鵲中原有弟兄清輝憐獨對良會苦難并目斷一天遠愁隨兩地生倚樓何處笛淒切送殘聲

鳥影度寒塘

秋色滿瀟湘天寒元鳥忙數聲離疊嶂片影度橫塘風翮搏寥廓烟蹤入渺茫乍隨萍荇没還共水雲長冷浸

千尋碧斜侵兩岸霜凝睟西塞遠踈點帶殘陽

和余子美洵即事二首

昏昏午汗浹桃笙醒眼清詩仗友生俘馘遙傳泮水捷琹書初解杏壇盟開尊賴有論文酒舍肉應無遺母羹好種桑麻歸杜曲行藏休更問君平

黌堂歸去葛衣輕恠底形容太瘦生抖擻慳囊償酒債安排險韻主詩盟妖韶梅老自餘態滋味韓休薄太羹强策駑駘追逸駕不堪才力但平平

夏日陳應求見訪

酷暑避脩竹繁陰侵短檻形骸方枕簟車馬忽柴荆對酒情無極哦詩韻更清昏鴉催别急天末片雲横

苦熱

玉井晨不冷茆簷午欲熏月揺看畫箑榴吐認紅裙迴野都如火奇峰空自雲衣巾負芒刺曝背有人耘

秋興二首

秋入蒹葭霜正威數聲歸雁塞痕微欺人白髮蕭蕭得

未老丹楓故故飛征戍關河多戰骨江湖風雨一蓑衣
百年麤飯從衰朽萬事塵寰有是非
牙叉老木抱江城城古江寒相對清雲雁不逢音信杳
沙鷗無數往來輕露華今夜凝僊掌詞藻他年動帝京
淮海一身猶卧病關河千里未休兵

和宋永兄詠荔支用東坡刑字韻四首

枝頭血色萬年萍錯落橫天槩彗星昔日楊妃勞走驛
一時王姥欲俱刑浪傳石蜜來他域巧似珊瑚出漲溟

僊種世傳工益壽飽嘗端勝衛生經
蜜甜誰數楚江萍枉道偷桃是歲星長夏日烘憐國色
去年霜薄赦秋刑侯堂舊許祠南海使驛曾勞走北溟
名種尚堪重品第未甘陸羽著茶經
脩竹繁陰覆綠萍壓墻朱實鬬星星明珠落掌驪龍睡
丹殻歸盤白馬刑曾指畫圖誇北客至今漬蜜動南溟
可憐傖父流涎久何日烏山始一經
一時紅紫逐飄萍風雨殘枝尚綴星西國葡萄甘僕隸

白家躑躅强儀刑誰移僊種從丹府不使靈荄遍八溟
大業豪華今寂寞佳名空著海山經

寄林謙之光朝甫

冰壺玉壘逼人寒忽漫過逢豁肺肝千載有人扶古道
一時傾蓋盡儒冠不妨我輩詩腸在要取他年酒量寬
萬卷白頭成底事販屠之輩任艱難

方次雲伏枕久不入城獨宿知稼堂有懷

吹笛清宵何處聲隔窻斜月聽人行夢回案上青熒火

魂斷城頭長短更三伏故人憐卧病百年薄宦任浮生
春風尚憶茅堂話相對哦詩天未明

贈日者黄明遠

幅巾别我五周星今日相逢眼暫明一第男兒身自致
曾將蹤跡問君平

迓泉守晚宿囊山

山木轉斜暉秋風動客衣露華侵坐冷星宿傍簷稀樓
迥鐘聲隱更長燭影微年來倦奔走早覺利名非

慈竹

慈竹陰初合新梢翠欲流晚搖千尺影冷撼一堂秋笋迸苔痕拆葉蒙山色幽鳳凰棲息穩端為此君留

返照

返照隱西山烟村一水間路長人自急林暮鳥知還楓巷秋常掃蓬門夜不關風塵猶劇盜歲月但催顏

倚薄

茅簷供倚薄藜杖費扶攜天入平蕪濶山含宿靄低樹

聲風便旋野色晚淒迷容易營生事秋田稻欲齊

送楊守宿九峰

木落閩山暮雲深野寺秋寒花空照眼濁酒不禁愁宦拙羞奔走時危且滯留迴廊供徙倚萬慮寄冥捜

偕方次雲餞孫守月下同歸戲成

北陌争迎丞相車南郡新分刺史符弩矢紛紛夾道趍旌旗獵獵照通衢一時冠盖事奔走車馬不許停斯須賢愚貴賤俱物役始覺名利真區區我亦年來忝簪紱

竒禮覊人日湮汨往來吻沐主人恩陶母不吝千金髮
平明聯轡逐西風歸路三更踏明月解貂野店貰濁酒
醉罷高譚偃溟渤風塵薄宦君勿悲猶勝低回場屋時
烏帽白袍青竹榻短檠終夜照紅蠟

奉別王宰先之

畫角城頭繞怨音秋風握手別杯深三年故國相從地
萬里青雲欲別心醉罷林霜催菊老送回江月轉棠陰
預愁曉色離亭外衰草撩人思不禁

醉中别李元泰宇

同雲幕幕暗前山急雨颼颼釀小寒桃花欲開尚羞澁梅梢已老半闌珊話别一尊休草草丈夫相識期歲老綈袍萬一未忘情春風莫惜歸來早

和陳應求春日見寄

滿目繁春事題詩寄所思輕寒欺酒力宿雨褪花姿經世知無術追歡要及時郊原騰晴景莫負去年期

和余子美春日緩步

道屈時危且茹藜不妨去魯儘遲遲一軒容膝分藍輿十里攜節鬬麥岐杜老皓頭真可惜陶潛知命更奚疑干戈淮上無消息愁絶南山獨步時

山行即事二首

落石奔沙岸頽雲擁樹根牛羊千古道雞犬數家村風遞鄰舂急春歸農事繁生涯隨處樂翁媼話柴門

席改尊猶在心閒屐自遲角巾欹短樹風帶胃踈籬作難憂邊警全生混野麋晚來幽意愜歸路恐多岐

宿鷲峰菴題壁兼呈林孚卿桴諸友

抱被招提聽晚鐘昔遊回首七春風斬新花木軒窻外
依舊樓臺煙靄中永夜篝燈元自照故人尊酒偶然同
明年此日看騰踏先數班楊賦律工

和龔實之茂良甫聞敵人敗盟

請纓未遂平生志置火須然董卓臍列郡奔馳喧羽檄
聖朝哀痛下芝泥盟寒關隴無來使春晚江淮有戰鼙
十載枕邊憂國泪不堪幽夢破晨雞

和宋永兄春日閒居

負郭濃春事高齋闢曉關晴雲浮越嶠芳草接荆蠻禄薄難長飽才微分久閒年華兵甲裏吁駭鏡中顔

喜雨

皇天嗇甘澤為農生理休哀哉桑麻瘁得意蓬蒿稠一夜溜簷雨曉屋喧鳴鳩驚濤注空壑秀色溢平疇田舍無宿儲及此寛百憂陌上誰家郎惟恐阻春遊

偕徐子由余子侯陳應求游虎丘巖偶題壁韻叶

因分字聯句

一室函滄海羣公半列侯 余 放懷追許謝洗耳笑巢由 徐 花暖蜂相趁泥香燕自求 陳 杖藜窮勝境染筆記春遊 黄

題翠峰寺西軒

寂寂春葩映短墻半山松竹奏笙簧無情幽鳥背人去不慣村童笑客狂

送龔實之赴官南安十韻

氣合論文地䰟銷惜别筵離亭芳草外飛蓋落花前北
闕舊通籍南州先着鞭郤詵丹桂早萊子綵衣鮮側耳
聆佳政成名及妙年因風能見憶得句會須傳筮仕聊
棲棘駑才阻泛蓮交情期歲晚會面數秋天甫水浮春
樹桐城際暮烟龔黄真忝竊末路共騰騫

暮春山間

緩步春山春日長流鶯不語燕飛忙桃花落處無人見
濯手惟聞澗水香

閒居

一水遠能白羣山陰更青靜憐風細細閒任雨冥冥春色供多病時情畏獨醒平生憂國意客至問朝廷

次韻余子侯遊石泉

竹杖欆鞋意自便蘚墻渉徑色相鮮平疇漲麥雲連海絶壁蟠松蓋倚天竟日虎巖延眺矚何時蟹井費攀援歸來幽獨不成寢山月侵廊鐘韻圓

秋日晚晴懷南山舊遊

霽色孤城外秋聲獨樹邊烟雲澄遠嶼風月渺平川寇盜休何日登臨憶去年吾曹得疎放醉墨灑層巔

寄方次雲

近有清源信官期報早秋時危從薄宦情在惜同遊簪笏趍新幕琴書别故丘君能訪茅宇尊酒話離愁

悲秋

萬里西風入晚扉高齋悵望獨移時迢迢别浦帆雙去漠漠平蕪天四垂雨意欲晴山鳥樂寒聲初到井梧知

丈夫感慨關時事不學楚人兒女悲

和鄭叔友厚題真如

南郡趍新幙微官娩野人客懷投寺晚歸夢到家頻歲月看蓬鬢塵埃聽蔦巾相隨一杯酒且慰百年身

和方次雲至日作

至日空相憶何時復此來素書煩蠟炬往事付寒杯夢破風驚竹詩成雨綻梅江城低婺女回首亦勞哉

上汪内相藻生日

天意恢炎歷星躔降昴精典刑存大雅領袖屬名卿出
入三朝舊青冥萬里程磨鉛周太史視草漢承明詞采
今宗匠艱危急老成遂旒方側席高纛尚專城卜築河
陽近懸弧晉水清先君桃李蔭比屋袴襦聲晝永黃堂
夢春晴綠野耕日邊稽召節幙下及稱觥盛業期伊呂
脩齡頌老彭一麾難久借四海欲休兵

送鄭察推叔友罷官之潮陽二首

官達身何補才名陸未沉不妨吾道在休較吏文深城

郭春將暮風雲晚更陰相看炎海闊魂斷欲分襟

春草故人去落花離緒多芙蓉少顏色薏苡盡風波塵土非長策功名一醉歌周南暫留滯莫改歲寒柯

和蔡司法賞南安之什

一夜晴風吹曉霞平明聯轡踏飛花嵐光且對聖賢酒世事僅同蠻觸蝸簿領迷人春易老漁樵滿地晝無譁登臨未飽溪山興歸路星星月照沙

春雨中會西山佛迹

自喜平生山水心公餘猶及此登臨雲埋古寺鐘聲遠
花落空村烟雨深是處芳尊追勝槩幾人寒勒度疎林
都無春色一分在况有塵寰萬慮侵

陳晉江以壬戌四月上澣宴同僚于二公亭

百年遺址俯郊坰十里蒼波帶古亭隔岸樓臺春去遠
滿湖烟雨酒微醒苔碑鈌落庭松老野鳥去來汀草青
風物不殊天竺路扁舟髣髴舊曾經

越十日陪史君汪内翰復來

雅製初仍舊佳名留至今城依刺桐古亭入芰荷深尊
俎賓僚集旌麾刺史臨自公多暇日及此豁塵襟

再別鄭叔友兼寄方次雲

鞍馬侵三伏萍蓬寄一身及秋歸計早到日附書頻炎
嶺休長客清漳有故人過逢如問信爲道各埃塵

三月三十日郊外即事

雨積稻畦白晴添麥壠黄野橋排雁齒山路轉羊腸鳥
語有時好田家隨事忙一年春盡日身迹更他鄉

夜坐梅樹下率爾

遠吹宣重簷胡床近小臺輕輕雲片度淡淡月華開壁暗雨留蘚庭虛風落梅納凉公宇邃清夜興悠哉

和汪端中陪府君遊東湖

漢家虎壐重分銅鑾坡厭直金蓮紅海角瘡痍煩大手循良不媿古人風偃蹇霜風鈴閤寂蒙茸春色圃扉空為郡風流見前輩隙日車蓋飛城東鰲首虛亭未泯滅騷人古意無終窮香風十里菰蒲外喜氣一城尊俎中

中原景物久荆棘南渡衣冠隨梗蓬此地龜文符古讖
盛觀略與承平同腐儒謬忝無雙裔聲價遠慚吾祖童
青衫幕府困奔走賴有新詩為發聾

晚自東湖擕藕花歸兒輩爭插盆池香艷不歇亦
供兩日嗅翫因成

恠底兒童無遠圖埋盆注水插芙蕖人心不作非真想
便覺東湖入座隅

壬戌中秋沿檄行縣與龔實之同宿于琴泉軒

搖落江城暮招提訪舊遊泉聲終夜雨竹影一堂秋露
湛衣裳冷山空枕簟幽故人憐寂寞抱被肯相投

實之有詩復次其韻

鞅掌從王事招邀媿主人彈琴秋葉落聽雨夜床親歲
月何妨紀詩篇莫厭頻要令千載下不但數姜秦

早發延福道間偶作録呈

夜宿姜峰寺曉投劉店村秋光隨杖屨逸興滿郊原短
句時時得何人細細論鳳凰山下約回首欲飛翻

陪實之登姜峰絕頂鐫石

抱琴歷高峰拂石就晚陰空山對搖落懷哉千古心

鄭山鋪用實之韻

一溪清淺抱山根山霧溪烟白晝昏負郭可能無五斗肩輿何事走空村

晚泊桃源驛奉懷幕府諸公

鞍馬泊孤亭人烟接古城半村留晚照萬壑送秋聲風月思元度文章媿長卿桃源何處在山驛至今名

秋旱熱甚尤苦登陟輿中戲成

少皞不用事八月猶苦熱南方本炎蒸況乃甘澤闕雨師弛厥職旱魃逞餘孽金石鑠欲流汙池龜甲裂稼穡亦已休田家生理絶敢意築場圃漸聞罌瓶竭租斂數有恒不為愆陽輟州縣急錙銖鞭箠動流血吁嗟號帝閽此語何由徹空村巫覡舞靈祠香火謁水旱制於天祈禳恐虛設嘗聞桑林禱爪犧亦清潔萬國幾為魚堯德豈其劣但令備先具難必沴氣滅江淮十萬兵仰口

資餽轍太倉無宿儲有司憂百結腐儒從薄宦籃輿走
嵽嵲王事有嚴程亭午不得歇林鳥呀無聲僕夫屢告
暍焉得變元冬、陰崖踏層雪

宿齊雲寺

行李秋將老停鞭日已西深村見人少孤寺與雲齊試
問霑微祿何如返故棲雞鳴不成寢乘月下清溪

題鳳凰寺 南安縣

一代衣冠霸業休半山金碧梵宮留傷心廢宅松榆老

滿目寒塘菡萏秋馬鬣未平餘葬地蛾眉不見但粧樓
憑高欲問豪華事耆舊無人僧白頭

鳳凰寺夜坐聯句

月黑前村笛風清俯檻琴老苔虛殿閉喬木故宮深宿
鳥依叢樹疎鐘出斷林夜堂留暑濕秋谷半晴陰事業
惟歆枕壓埃一散襟勞生倦奔走遠目寄登臨割據當
年事英雄萬古心青山空白骨華屋漫黃金酒薄何勞
醉詩成不廢吟艱危多感慨時序苦侵尋

題凉峰

倚杖清秋遠彈琴白晝長笙簫離館廢雲木晚峰凉往事空流水歸心滿夕陽相逢惜分手珍重故人觴

題雲臺寺

西風城郭尚炎威竟日琴尊歷翠微紅盡秋林楓正落凉生晚寺雨初飛相從歲月交情舊此去塵埃會面稀往事惟餘故侯塚白楊衰草露霑衣

聞太母還輿喜極成歌

嗚呼禍變稔前朝都城千雉摧天驕翠華北征沙漠遥
六宫萬里從輦榆我皇龍飛守宗祧周宣漢武見今朝
問安昕膳阻夙宵位極萬乘心何聊大哉聖孝回天眷
羌戎革心非革面天邊驛騎急星電傳報鑾輿涉淮甸
小臣喜極手欲抃乾坤一夜歡聲遍遥想千官會星弁
拜舞稱觴長樂殿

題大盈驛壁 六言

西風落莫空館暮色迷蒙遠巒家近不妨酒盡夜寒陡

怯衣單

和李元泰 宇艷歌

凉風愜人如故舊客燕殘蟬度清晝搖落三秋楚澤悲

相思一夜東陽瘦愁連黛入眉山重猶憶去年和泪送

魚沉鴈斷消息稀頻來惟有清宵夢

擬上張丞相 魏公

五閏干戈極炎暉歷數新析圭綿六服卜畀邁千春哀

痛朝姦稔釁緣國步屯近畿横彗孛嚴禁失鈎陳魏絳

謀和狄包胥日哭秦翠華旋北狩清蹕且南巡霧塞紛
銅馬祥開表玉麟官軍推大弟耆老赴仁人啓祚興靈
武貽王問水濱悲纆刁斗急警報羽書頻關輔騰驕子
朝廷倚大臣夢符巖肖說天祐岳生申濯濯襟靈邁温
温德業純家聲真不墜廟略信如神行潔圭無玷心堅
竹有筠蒼生出塗炭黃屋待經綸蘇峻稱兵日姬公復
辟辰祚危旒在綴主辱涕盈巾諸將趨行殿孤軍入帝
閫乾坤收逆氣淮海霽妖塵尊俎辭樞極旌旄下蜀岷

霜稜函谷外春色錦江瀕流馬通飛漕推鋒截要津榮
親萬鍾祿許國百年身盛烈刊彝鼎丹忠薄昊旻流言
初抵隙積毀竟排真感激回天眷須臾秉國鈞精神千
載會霖雨八方均曉几趍環珮朝班領搢紳荊蠻淹月
定邊騎暮年馴奉詔移甌越承恩拜紫宸地遙分虎節
日暖想龍鱗頻上歸黃霸河間借寇恂台衡期必復風
俗再還淳嘆惜寒門士叨陪上國賓雕蟲慚小技連蹇
分長貧短翮秋仍撫殘燈夜更親曳裾胡不可投璧懼

無因海運鵬孤翥泥蟠蠖未伸濟時公努力宇宙久荆榛

惜别行送林梅卿大鶚甫赴闕

剌桐城邊桐葉飛剌桐城外行人稀客來别我有所適問客此去何當歸林卿妙齡才秀發胸中萬卷涌濵渤家聲合沓蓋九州里第嶙峋表雙闕碣來試吏天南方驥縶焉能騁所長梅僊脱身東市卒杜老落筆中書堂傳道淮壖減豺虎政須禮樂事明主之子軒軒霄漢姿

好向春風刷毛羽

送汪内相移鎮宣城

龍紀曆圖代龜書出洛年人文初炳煥神化共回旋大雅藩籬鈌諸儒門户專天將扶古道嶽始降名賢派别軒皇遠江回楚邑偏英靈久蟠鬱簪笏舊蟬聯家學傳參硯詞場著祖鞭風雲千載會宇宙大名懸行潔圭無玷才長桷有挺西都經術富東閣道山連蠹簡煩紬繹羣書益貫穿才超班馬上道探老莊元近代風騷變詞

人霧縠鮮徘優鶩異體輕薄竟相沿作者今亡矣明公
獨勉蒴狂瀾資反正墜緒得扶顛內史趨欄藥中書落
筆椽直詞批勑尾清議列龜前法駕南巡日兵氛北剌
天新亭空涕泪神汴歎迍邅慰將言彌切徵兵檄屢宣
奉天憑陸贄淮上困苻堅素祕龍韜策爰參虎旅權精
誠潛貫日勳業合凌烟耆舊朝廷倚文章海內傳三長
青史筆五典白麻篇思贍宮人蠟榮歸御榻蓮研經魚
辨魯揮翰驥奔泉方徯金鑾作聊從銅虎遷瘡痍承帝

念愷悌沃民編鈴索晝齋永棠陰夜月圓豐登諸縣樂
治最八州先詔易宣城郡恩遺晉水壖歌襦恐來暮卧
轍惜言還漢守終丞相黃公且穎川長亭春草外巨鎮
日華邊况復師瞻久由來德望全芝函行召對前席即
詳延尚父西辭渭司徒北破燕斯民免塗炭吾黨賴陶
甄竹尺元通籍爪時忝備員孩提曾識面父執絶隨肩
被遇憐才小懷恩覺體孱塵埃餘冗吏情緒足離筵歌
闋魂飛渚詩成泪染牋轅駒何局促巫步失蹁躚舊治

應騎竹他邦未暖氊公歸勞驛騎地遠想台躔處士依

文舉賢臣頌子淵瀛州如許到未敢卜歸田

九日

天涯霜露羈離久海內風塵歸思賒萬里窮途雙白鬢

一尊濁酒對黃花頻年奔走哀王粲落日登臨憶孟嘉

絶塞歡娱易蕭瑟悲來忍泪望京華

還家

黎明呼羸僮拄策渡野水輕嵐翳初日古道步平砥麥

隴黄四出松竹翠相倚人間春告盡巖色秀未已眼入故鄉明語還親舊喜印非朱買臣金無蘇季子竊笑免妻孥相過動鄰里富貴豈吾謀薄游聊爾耳

早發東城迓憲車

五更驅倦僕發軔古城邊月色潮初上鐘聲人正眠自憐筋力在無補歲時遷遠媿陶彭澤歸心獨浩然

暮春宴東園方良翰喜有詩入夏追和

要洗襟懷萬斛埃一尊相屬莫遲回顛狂柳絮將春去

排比荷花刺水開懶矣宦情甘冗長拙於句法强追陪
人生行樂須閒健千古朱顔同一頽

自法石早歸

避暑寓祇園黎明度遠村桑麻迷杜曲雞犬散桃源逕
草細將合溪流深不喧幽懷未能愜城郭已朝暾

和南安余宰題翠陰亭致爽軒二首

溪光山色兩幽深更結新亭倚翠林老木參天煙漠漠
虛簷掛日影沉沉三年此地留喬舃六月涼風颯素襟

趣取公餘急行樂人生容易二毛侵
山勢揖孤峙交柯藏伯勞日臨公館寂人與此軒高對
酒屢中聖題詩應僕騷喬林思舊隱咫尺聽風號

癸亥秋行縣夜寓下生院倦甚慨然有歸歟之興
戲用壁間韻以盟泉石

何須輪擁朱不顧佩懸玉青山得去且歸去謀生待足
何時足林間掐提金碧開門外過客誰能來桂華落盡
無人問古墻秋遝生青苔舊山泉石故應好菟裘不營

亦可老此身已與三徑期未分淵明迹如掃

晩泊同安林明府攜酒相過戲集杜陵句為醉歌行

疾風吹塵暗河縣去馬來牛不復辨黄昏始扣主人門置酒張燈促華饌夜如何其初促膝人生會合難再得簿書何急來相仍且將欵曲終今夕腐儒衰晩謬通籍射策君門期第一天門日射黄金榜自恠一日聲輝赫三年奔走空皮骨足繭荒山轉愁疾未有涓埃答聖朝

途窮反遭俗眼白懐抱何時得好開生前相遇且銜杯
儒術於我何有哉黄帽青鞋歸去來

賀吕守用中

紫帽山顛秋色高刺桐城頭風怒號乾坤冲融忽異態
千里和氣生旌旄昴星之精來瑞世要令致主唐虞際
骨相誕鍾嵩嶽靈風流不泯磻溪裔懐香握蘭今幾春
瑣闥晝省曽彌綸他年攬轡探禹穴平反所活凡千人
南土分憂寛主顧棠陰好在來何暮儒風郁郁蜀文翁

德量汪汪黄叔度相種由來多山東蟬聨八葉屬我公
百年耆舊謳歌裡萬里山河指顧中聲名合沓蓋九州
人物中興第一流風雲變化固有待蒼虬寧許池中留
青衫腐儒趨幙府香火祝公如衛武夾輔皇家不計年
長將朽質入陶甄

題定光寺與洵姪期集

為憐山色好百里赴幽期疊嶂生寒早脩林出日遲年
華空晼晚時事竟艱危咫尺故園在題詩有所思

思歸

醉眼乾坤大歸心日夜長風霜歲云暮塵土鬢成蒼俗物猶能在危機只自防可無田種秫三徑未宜荒

張雲翔 摶 采蘭堂

丈夫貴成名人子重養志志養非爲食名成要身致世上萬男兒二者少稱遂樂哉張公子此事有餘地昔我遊武林始與張君值津津紫芝眉落落青雲器驊騮步康衢鵰鶚騰秋翅一官天南州艱難已嘗試悠然望白

雲歸來為隱吏軒裳非吾心敍水重親意築堂九畹邊遠取南陔義膳羞務馨潔晨夕必躬眎老人嗜國香幽懷時一寄春風敷柔絲色與恩袍類不效荊楚俗紉之為佩璲不學會稽亭徒然修禊事願言倚玉樹同作庭階瑞他年粉署握永伴萊衣戲

次韻陳宜中豐攜詩見訪

朝來乾鵲噪簷牙昨夜燈開送喜花好事寧期貴公子攜詩肯訪野人家客愁到此逢寒食薄宦羇人屢歲華

載酒他年問奇字故園歸去老桑麻

別方良翰

海上曾聞屬國歸歸來依舊壯心違風塵萬里長為客管庫三年不救饑尊酒欲謀良夜醉庭花故就別時飛看君好刷冲天翼莫遣江城過鴈稀

題詩口鋪

一水曳脩帶千山羅峻屏客懷今古泪人世短長亭歲月身將老功名夢未醒長卿倦遊久歸思滿巖扃

過白衣莊

草樹天邊碧溪流雨外渾僕夫經燕岫筋力盡龍門斜
日當幽徑輕風度晚村築場茅屋底約畧似東屯

題化度寺竹間亭

羸驂踏遍亂山青薄宦羈人醉未醒破午停鞭得幽寺
眼明初見竹間亭

行安溪道中

鷄豚殆盡官軍過豺虎猶存野老愁萬一皇恩貸兇孽

會令戈甲變耡耰

道間即事

花枝已盡鶯將老桑葉漸稀蠶欲眠半濕半晴梅雨道乍寒乍暖麥秋天村壚沽酒誰能擇郵壁題詩盡偶然方寸怡怡無一事麄衣糲食地行僊

别吕守三首

家世唐蕭瑀風流晉謝安胸中畜丘壑筆下富波瀾着舊謳歌惜賓僚禮數寬龔黄初報政飛詔忽江干

自此調元去人今卧轍同棠陰閩嶺外星傳浙江東四月黄梅雨千山荔子風離亭獨歸處回首意無窮

涉獵媿醇儒南州入幕初力疲三尺法塵滿一牀書不有劉寛恕何堪阮籍踈才微甘冗長感激辱吹嘘

白沙夜聞灘聲

錯認松風萬壑傳又如急雨碎池蓮青燈孤館元無寐况復溪聲到枕邊

大水二首

巨浸滔天後遺黎復業初桑田皆變海老稚半為魚鼈
石開新道行人問故盧客愁那對此搔首重欷歔
浲水應垂儆高穹豈不仁發陳遵故事執咎定何人岸
落溪容改山摧土色新傷心問耆舊誰與弔斯民

題分水嶺兩絕

嗚咽泉流萬仞峰斷腸從此各西東誰知不作多時別
依舊相逢滄海中
閩粵江南此地分鮑娘詩句尚能存客懷未覺今宵好

家住壺山煙雨村

題崇安驛

睡美生憎曉色催丹心自娓未能灰塵埃汩汩歲將暮霜霧濛濛晝不開身外百端俱長物時危萬事入羈懷君恩早晚粗酬了糲飯藜裘歸去來

題紫溪驛

離家一月斷家書家在閩山深處居路入江南隔分水山猶不見況吾廬

至日戲題天福寺

去年至日老夫家，呼兒具酒對梅花。今年至日空奔走，豈止無花亦無酒。薄宦驅人無已時，客懷牢落强裁詩。君不見杜陵老詩伯，年年至日長爲客。

至日題江山驛

客裏萍蓬媿此身，天涯風俗對兹辰。雲容山意商量雪，梅蕊葭灰漏洩春。歲晚旅懷元自惡，夜長歸夢爲誰頻。遥憐兒女團欒處，應念江山飄泊人。

上陸監生辰五首

拂拂秋風生桂枝于門何日誕英竒請看素魄初圓夜
正是奎星呈瑞時

高議曾匡馬上翁聲名凜凜尉佗宫誰知千載經行地
猶有雲來紹祖風

嘉謨合補三公衮餘事聊分八使車想得忠勤徹旒冕
天涯洗眼看徵書

名家詩禮有諸郎飛入南宫鴻雁行不向人前稱閥閲

要須僊桂五枝芳
可但人間五福全飄飄真是地行僊摩娑銅狄成追憶
游戲塵寰五百年
和泉上人
芒鞋踏遍萬山松得得歸来丈室中破衲一身在懸磬
清談對客似撞鐘名家要看驚人舉覓句何須效我窮
春雨地爐分半坐便疑身住古禪叢
進元會詩

貽代干戈戢炎輝歷數長蒼生久蘇息寰海屢豐穰社稷基新命朝廷舉舊章太平周禮樂垂拱舜衣裳拜壽先長樂傳聲出未央冕旒端黼座儀物備明堂閶闔星辰外旂常日月旁天顏春穆穆雲物曉蒼蒼雪色殘鳷鵲韶音雜鳳凰嚴宸分羽衛荒服走梯航人正今行夏民心舊戴商觀光環萬國班朔首三陽列辟鑾聲噦羣工玉珮鏘奉常陳雅奏太史報殊祥於穆前朝盛丕承奕世昌版圖還大禹風俗再陶唐已格無為治猶懷不

敢康幾年脩縟典今日付吾皇所顧終寅畏無忘每賛
襄明良相際會長奉萬年觴

除夜

暮景流年速寒燈照夜長艱危仍薄宦時序更他鄉雪
暗吳宮下春歸越嶠傍明朝對佳節無處覓椒觴

元日次良翰韻

老去低徊强北遊春來消息望南州别離况復年華換
富貴難令少壯留行李未知何處定屠蘇還解憶人不

可堪一夜寒江雨滴作羈懷萬斛愁

題方民瞻 愷 草堂

結宇囂塵外寓形天地間幽懷付松菊高卧對雲山門巷來人少琴書竟日閑可憐朝市客名利老朱顔

和詠陳賢良華表

千年鶴華映溪濱一代鴻文動至尊仕路低徊唐老杜才名合沓漢公孫家風不減太丘令盛事何如通德門肯把浮榮衒流俗欲遺典則到仍昆

試院中蒙相君惠茶和錢教授韻

誤向文闈齒搢紳相君分賜壑源春窮搜千卷非吾事
滿引一杯如故人無復睡魔能偃蹇敢將詩律鬬清新
西湖好趣清明約泉活涓涓火不陳

將放榜用錢韻

銀袍健筆落雲烟入眼高文墨尚鮮隱隱蠶聲桑葉下
看看鷃立棘圍前空階夜響催詩雨平地雷轟造榜天是日大雷
試問西湖好風景何如華屋艷神僊

雨後陪省中諸公游竹閣

紅盡桃初實青濃柳欲花春歸人迹少山遠市聲譁空有前朝樹閣前有枯枿相傳謂陳朝樹難尋處士家處士謂林逋登臨多感慨況復客天涯

將歸

北首寒猶淺南轅暑正深馬蹄長道路鹿性本山林客至能相勉愁來可獨禁功名竟何物造化久冥心

離臨安

細雨出江城潮回江正清未能捐俗累不敢憚嚴程落日行人少空山獨鳥鳴離愁似春草觸處便能生

題須江驛詩後

歸來已負百花期閑拂塵埃看舊詩極目平蕪二千里鄉心惟有杜鵑知

題白沙鋪

負郭可無三頃秫蓋頭幸有兩間茅還鄉且盡田家樂舉世誰非市道交村酒一杯澆磊塊山程數驛更磽嶅

羸驂莫惜歸鞭急心在輕紅荔子梢

和超然翁韻二首

才微秖合老荆扉悮竊虛名及盛時藜杖端須為劉燭匏竽聊復預齊吹亨衢騰踔非吾事客路逢迎仰已知莫訝歸程秋向晚也應去魯自遲遲

西風回首故鄉情何日為園學邵平已辦孤帆衝夕浪可堪萬壑更秋聲折腰為米追時輩當面輸心媿老成飲罷歸來未能寢微吟擁鼻數寒更

不見

碧湘幽夢秋惟冷玉滴宵壺聲耿耿平生不作等閒愁

風月故人長引領青樓花開歡正新當時握手欲留春

樓空花落春竟去惟有紗窗鎖暗塵風流回首年華晚

愁與宮眉添宛轉不堪翠袖浥殘香六曲屏山為誰展

御賜閣額二首

傑閣侵霄漢宸章煥璧奎內庭頒寶宴中使揭璇題信

誓山河固龐恩雨露低寒儒倚天祿目斷五雲西

功掩蕭何第名超崔氏堂孤忠扶社稷一德契穹蒼金
碧飛翬外鸞虬結綺傍落成紛賀燕弱羽得高翔

西湖會同年和巫子先以臺制不赴坐

一鶚獨立鳥羣空寂寞誰憐漢閣雄雁塔他年曾接武
烏臺今日自生風平湖入座摇寒碧返照催人墮晚紅
目斷禁城驄馬客何時譚笑一尊同

黄憲生朝三首

國勢巍巍盛時髦袞袞生雲師綿世胄漢相舊家聲學

海波瀾闊神峰冰雪清天涯逢誕日目極曲江城
經術賢關望訏謨帝席前詞場聲擲地憲府力回天金
鑑風流在炎陬雨露偏慇懃理歸楫早覲日華邊
陰德千人活霜威五嶺寒三持使者節一着惠文冠臺
省班聯忝賓僚禮數寬微官慚束縛稱壽阻門闌

送陳應求赴官

莫辭酒且聽歌休被驪駒白玉珂主人勸客終今夕明
日長亭可奈何金風蕭蕭鏖餘熱砌蟲唧唧助淒切此

時景物不勝愁况是離人心欲折陳侯陳侯貌巖巖而俊整才浩浩而清絶有如壺山之萬仞巑岏壽水之千尋瑩澈青芝赤箭藥籠儲金鐘大鏞廊廟須天生奇才為時出容易槖擲天南隅君不見馬賓王新豐一逆旅又不見公孫宏菑川一老儒逢辰立譚取卿相至今文采照天衢廣文官舍雖落莫刀筆不與俗吏俱公餘更勤五車讀未必不是北門西掖之權輿剌桐古城花欲燃舊遊人物想依然憑君到彼訪二陸向道故人飽飯

度殘年

送弟童士季赴永春

贈君以宣城秋兔之額佩君以嶧陽焦尾之琴餞君以顯父清壺之酒送君以安仁金谷之吟筆傳洙泗之正印琴彈單父之遺音酒以陶百里醇醲之化詩以寫一時離别之心門前車馬氣駸駸黄葉飛翻秋正深風雨對床連夜語江山異地欲分襟憶昔聯名唱行殿一日聲華九垓遍自知無用甘林泉君亦何為尚州縣君今

未用歎滯留丈夫勲業要晚收信臣千載循吏傳密令當年褒德侯高才所莅無全牛民自不寃吏早休倘免誅求急星火行看寇盜盡鋤耰

無題

雞虫底處覔得失鳧鶴無心較短長醫國未能三折臂憂時空費九回腸

送外兄方卿公美廷實甫赴廣東憲十絶

九重仁聖不忘遠庶獄哀矜軫慮深本恕定知黃霸用

無刑端契有虞心

遐陬赤子困侵年跳弄潢池今幾秋從此聲威憯强梗

自然戈戟變鋤耰

石門酌水賦新詩舊事曾聞吳隱之習習清風化貪懦

不圖今見古齊夷

親輿昔侍角方總使節今持鬢未蒼竹馬兒童半相識

分明遺愛在甘棠

早晚芝函下九天不容瓜戍更期年蒼生屬望為霖久

肯使炎方雨露偏

聞道韶陽一畝宫居民奉祀曲江公憑君到日酹尊酒
醖藉風流事事同

恠底青雲嬾着鞭年來餘事覺真詮圜扉晝闢庭無訟
時訪曹溪六祖禪

千里江山一鴈聲廣文官舍冷如冰祁奚若未忘公舉
魏戊猶堪備内稱

新息功名晚始收送君今去跕鳶州男兒未上雲臺畫

莫念平生馬少游
十里紅旗擁使星一杯緑蟻話長亭明朝車馬各南北
誰唱陽關且細聽
和宋永兄罷官還家途中見寄四絶
三年惠政留巖邑千里歸舟犯惡灘烏鵲信傳知漸近
白鷗盟在未應寒
流年忽忽雙蓬鬢薄宦紛紛一旅亭惟有長官衫色在
至今猶與眼俱青

知稼堂中一味閑卷簾終日卧看山雖無微禄供貧病
幸有新詩伴往還
不比人心驚歳移且看雁影逐春歸明朝已辨椒花頌
相對一尊忘是非

送余子美歸淮上

恠底窮途遭白眼依然別酒對青春百年甘旨為貧計
千里羈棲有故人道在不妨輕去魯功成他日會歸秦
江淮若遇南飛翼尺素無忘東海濱

西郊步武地春將老矣不能一往朝吉姊今日為遨頭濫雨大作非惟人心難并止或尼之枕上得小詩資宋永兄一噱因呈昔遊兄弟速尋舊盟勿為天公所玩

無復西郊訪綺羅任教佳景去如梭殘杯冷炙何曾夢
亂絮飛花積漸多舉世盡從忙裏過幾人能共醉時歌
不辭作意營春事急雨狂風可奈何

己巳九日陪陸史君宴共樂臺和莊倅韻

一年秋色垂垂老九日寒花處處同落帽何人羞短髮
危臺向晚易高風黃雲萬頃峰巒下白雪幾聲霄漢中
陌上行人盡回首史君開宴在層空

和宋去華（藻）愛日樓之什

百里平疇一望間綠蕪盡處見青山孤雲自在閑仍合
白鳥羣飛去復還竟日茶瓜留客坐滿床圖史伴君閒
攜醪許我問奇字剝啄何妨屢扣關

和宋永兄愛日樓見寄八首

畫圖展處千山雪漁艇歸時一笛風爲愛東溟日色好
側身樓外望壺公

陳樓高卧真佳士陶徑歸來有古風只恐功名不相放
驅人須作黑頭公

野意樓前滿秋聲樹杪回歲華行老矣午夢思悠哉碌
碌甘捐棄時時幸往來不才詩有債多病酒為媒

醫手無三折愁腸漫九回宦情聊復爾世事轉艱哉狂
態未能免新詩特地來從今罷歌舞焦尾聽無媒

軒組挽人力萬中無一回急流能退者捨我有誰哉此
意何時遂相攜歸去來東臯春雨足荷鍤聽鳩媒
齠亂攜書冊成名天上回如公希世者自古幾人哉山
藪詎宜去功名看鼎來人間無伯樂相馬失龍媒
秋心驚杵急遠目見潮回衰日可愛也楚風真快哉卷
開前聖對竹動故人來去魯遲休惟謀身恥自媒
山林往不返朝市去無回能樂窮通者真知出處哉次
山稱漫仕彭澤賦歸來堪笑脅肩子相從不待媒

和史君邵農之什

五馬邵農遠過宗丈貳車興詠遍屬郡僚顧小子狂斐之章當詩人麗則之賦鵠未成而類鶩狗不足以續貂蕪類可羞斤削是望

交情自許膠投漆賓主相輝璧與琨賣劒早書循吏傳
種瓜時問故侯園百年耆舊須親訪千里耕桑戴上恩
一郡風流古來少筆端珠玉富歸軒

三瑞堂 陸守

機雲二子才孤標妙齡馳聲典午朝今見遠孫來海嶠
儒雅雍容飾漢條德化醇醲春有脚天姿粹美玉不彫
無復犢牛充帶佩坐令襦袴成歌謠藴藉斯人合臺閣
暫把一麾亦不惡鈴閣正午槐陰清訟庭無人鳥聲樂
政成瑞應一何多天香國艷駢花蕚可但漁陽頌麥岐
會見西京紀神爵吾聞作善天降祥拭目泥封下建章
一時文采七閩郡千載風流三瑞堂坤珍效祉來未央
九莖怒芽抽且長胡不圖之獻天子播在樂府歌芝房

庚午秋觀進士入試

棘扉曉闢萬袍趨鄒魯雖微士所都三獻有人懷楚璞濫吹何事試齊竽要令瘦語題齏臼莫把元文覆醬瓿

鄉人以黙卷幕酒 袖手傍觀君勿恠箇中曾是老於蒐

次韻宋永兄白髮

銀鬢詎如許金丹奈若何休垂髀肉涕莫擊唾壺歌世事奕棋局人材在沚莪未須相料理大器晚成多

回文絶句

歌闋一尊青晝長曲池小景晚風凉波微動處見魚戲荷半開時過雨香

贈炊僮

雞唱度纔三羸僮井臼探鈌瓶分曉月古竈湧晴嵐口腹真吾累庖廚賴爾堪支離不耕者對案敢無慙

和蘇伯承題恂恂軒

可但温恭九族敦平生鄉黨更恂恂山林得趣身長健門館無私物自春一室琴尊對圖籍百年膠漆付雷陳

共傳宅相工題品未數東坡德有鄰

春日書懷

才薄難任家國憂年衰未免稻粱謀權門雖好羞搖尾

世路多猜敢轉喉是處溪山可藏拙何入庭院許尋幽

便須火急營春事九十韶光一半休

次韻宋永兄春日放言寄秉彜(端)廣文兄

君不見邊孝先才得午枕一覺眠便遭弟子嘲便便又

不見馬季長橫經高堂坐絳帳背後女樂盈妖妍青春

一去少者老白髮不分愚與賢試看刻苦要稱天下士何如落魄且作地行僊東風來習習新月照娟娟若逢花解語須用酒為年

唱和盈軸而燕集未期小詩請廣文兄為遨頭

煩君管領東君手收拾風光尊俎中與作遨頭共春燕何須擁鼻學秋蟲誰憐老子興不淺自笑窮人詩轉工趣取身閒酒價賤明年此日又西東

宋永兄見和春懷再賦仍約秉彝兄尋春西郊

朱轂常懷蹉跌憂華門長苦斗升謀此生幸不貧到骨
未死何妨酒入喉北里人隨春漸老西郊地與興俱幽
憑君更語廣文叟飯足還須醉始休

宋永兄一訪青帝而黃婆作惡累日戲作小詩問
安二首

鳴鐘伐鼓南山阿傾城車馬相戛摩萬釘高下照朱碧
百堵往來紛綺羅身入醉鄉顏紅玉月明歸路湛金波
挽君一出卧三日柰此陌上春光何

陌上春光遽如許花落花開任風雨誰憐四印居士賢
苦遭造化小兒侮古來醫手罕折肱老去流年劇飛羽
無復當時倒載歸羣童拍手山公舞

次韻宋永兄感舊五首

猶憶當年歌畫空乘歡直欲舉千鍾韶光半老不相識
樂事一生能幾逢戲蝶狂蜂隨意好閙花蔓草向人濃
當壚春色今何在病酒相如卧蜀邛
何用咄咄愁書空何用鼎食鳴金鐘流行坎止隨所值

穠艷不憂年不逢金釵困嬾海棠睡玉掌淋漓琥珀濃
安能辛勤鍊石髓苦學成周人姓卯
齠齓談經動聖聰山川英氣向來鍾中書落筆萬人繞
天陛賜袍千載逢利鑣名韁身半老酒徒詩社意偏濃
莫欺犬子倦游久得志猶能通筰卯
待價君方藏尺璧知音誰解聽號鐘渥洼天上非無種
伯樂人間那易逢墨綬解來三歲改白雲飛處寸心濃
鵾翔鸞伏古如此直道不容非孔卯

三分春色二分空莫待春歸怨曉鐘詩句逼人何太甚
酒徒知己信難逢百年夜永晝愁短千樹紅疎緑漸濃
尊俎班荆元不惡試張雲幕席苕卭

雨後春遊

鳴鳩乳燕報新晴更被提壺苦勸人萬點桃花落紅雨
十分蕉葉負青春醉鄉歸去疑無路詩筆拈來似有神
莫惜千金買一笑餘年樂事更關身

雨後行花圃

習習春風軟遲遲春日暄生意遍宇宙盡託青皇恩屏
翳剛作惡一夜如飜盆奔流萬壑怒比曉千山昏鳴鳩
喚我起杖屨行中園呼僮理僵仆春事無半存蓬蒿增
意氣蘭藥遭排根雖無桃李妍却有桑麻繁萬化相除
謝此理誰明論去去勿復辨榮枯任乾坤

偶成

野鳥春布穀階蟲秋絡絲呶呶空過耳終不救寒饑

贈泉守趙表之令衿甫二首

禪翁笑擁兩朱輪麈尾蒲團付底人千里謳吟真刺史
三朝出入老宗臣春風半道旌旗轉南國一番桃李新
莫把蹄涔留尺鯉早令圖畫上麒麟

扁舟昔艤浙江邊曾醉王孫玳瑁筵竹杖芒鞵晚城上
金荷銀燭夜堂前宦游我輩聊復爾聚散人間亦偶然
誰料天涯今八載青燈相對各華顛

春日宴共樂臺

畫棟朱甍挿紫清連山帶水自紆縈閭閻高下魚鱗比

田畝縱橫碁局平花發鳥啼春耐事夜闌客散月多情
寸陰自古千金重一笑人間萬慮輕

秋夜獨酌

溪山態足身無事天地功深歲有秋投老相從管城子
平生得意醉鄉侯捲簾清坐月排闥橫笛誰家風滿樓
可是離人更遺物自緣身世兩無求

午睡起得富沙信

閒處工夫要破除茅堂一枕黑甜餘漆園栩栩看成蝶

邊笥便便舊貯書掃盡機心還罔象了無行迹便華胥
故人千里能知我遠寄月團供燕居

題順濟廟

枯木肇靈滄海東參差宮殿崒晴空平生不厭混巫媼
已死猶能效國功萬户牲醪無水旱四時歌舞走兒童
傳聞利澤至今在千里危檣一信風

冬日道間

歲熟牛羊飽村寒鳥獸呼霜餘山骨露水落澗毛枯歸

艇收漁網行人問酒壚微軀任南北未覺旅懷孤

贈延福端老二絶

飄然瓶錫信行藏偶駐姜峰古道場欲識高人用心處
白雲堂下一爐香

我來欲問小乘禪慚愧塵埃未了緣忽憶去年秋夜話
共聽風雨不成眠

知稼翁集卷上

欽定四庫全書

知稼翁集卷下

宋 黃公度 撰

詩

將赴高要官守書懷

古來仕路多機穽我復情田少町畦回首壯圖猶拾瀋驚心往事屢吹虀不因昏嫁那能許此去聲名敢厭低但使安閒更强健何妨流落在塗泥

題瘦牛嶺

自笑年來為食謀扶攜百指過南州時平四野皆青草此地何曾解瘦牛

中秋西江上六言

月色今宵萬里笛聲何處孤舟世事堪驚流水鄉心不忍登樓

賀劉史君 彷

于門為國產英賢淮海鍾靈五百年松竹千尋森氣節

江湖萬頃渺情田白頭未握封侯印皂蓋猶分刺史天
俗變農桑皆犢佩家傳愷悌只蒲鞭斂容不動吏曹畏
清坐無言上意宣四野歡聲豐歲裏西山爽氣壽杯前
籬邊陶菊千苞折階下堯蓂一葉鮮香火祝公三入後
却來平地作飛僊

南來苦熱戲作二首

農夫烈日夏畦耕僊家九轉丹竈成阿奴投燭娌黐羨
飛蛾赴焰雞遭烹湯爲池兮火爲城未如三伏南州行

大旱赤地金將流火炎崑岡玉石休六月王師萬貔貅
叢坐氈帳襲重裘鄰人延燒已焦頭未如三伏行南州

方帥務德滋生朝三首

一陽來復潛回葭琯之春和氣致祥果協桑弧
之瑞事關郎廟喜動乾坤共惟某官天上麒麟
人間鸑鷟千齡際會氣鍾嶽瀆之靈萬口謳謡
筭祝椿松之永某奉令承教之日淺受知被遇
之恩深爰届誕辰阻稱壽斝美武公之德如圭

壁頤賡淇澳之詩俾魯侯之壽若岡陵敢効闕
宮之頌繁蕪上瀆戰越交心

一氣潛回萬物春星躔降昴嶽生申鈞臺今古風流在
梅嶺東西雨露均再擁朱轓專節制久虛清禁待經綸
衮衣莫訝公歸晚要使遐荒識鳳麟

一別帝城今幾秋憂時不復為身謀枌榆故國三千里
桃李新陰四十州談笑折衝無鼠輩平生推轂盡清流
急須整頓乾坤了鳴玉槐庭要黑頭

高門餘慶自綿綿唾手功名不作難况是胸中絕畦町
更於筆下富波瀾家傳元老謀猷壯人樂將軍禮數寬
香火祝公千百壽姓名高並斗星寒

和謝單推宋卿普惠詩

逃空每喜足音聞之子相逢真可人知友無非大父行
求君須向古人倫鑾烟傾蓋情如故蜀璽題詩墨尚新
文采風流百不俗更餘筆力挽千鈞

寄題方機宜稚川洪恕齋

恕齋且袖經綸手他日能容吏吐茵四壁琴書供宴坐
一言佩服要終身襟懷但令有餘地刀筆從教不若人
想得清尊及閒暇賓僚相對面生春

官舍閒居

朝市競紛華山林甘寂寞要之其間各有趣飛鳥冲天
魚縱壑我本麋鹿姿誤被簪紳縛男婚女嫁苦逼人薄
宦天涯失身落似吏非吏兮似隱非隱謂强不强兮謂
弱不弱五斗紅腐可以療饑一室琴書可以自樂負暄

捫虱度清晝未覺嶺南官況惡

謝傅叅議彦濟雩惠笋用山谷韻

北方九月霜實盤無生菜嶺南信地暖窮冬竹萌賣君念庾郎貧齏栗供庖宰中有歲寒姿眞時久不壞前身渭川侯千畆償宿債珍可配天花賤不數石芥早蔬與晚菘奴僕望賓介文園酒渴餘想不厭姑嘬預恐吹作竹明日東風噫急須驅兒童傾筐攜釆釆

桂陽宰胡達信水孚甫同年見贈三首次韻

場屋聲名識子初氣吞楊孔況其餘十年流落猶州縣
千里往來祗簡書臥雨餐風從鞅掌昂霄聳壑正權輿
割雞久屈屠牛手洗眼天涯看詔除
誰能了了學癡兒身世從教事事違百不如人甘鷁退
朅來此地看鳶飛低徊共受微官縛早晚要須三徑歸
賴有故人相慰薦霏霏玉屑坐生輝
萬事人人洛伯始他年文采動詞場軒墀喜色回天眄
鞍馬青春照地光社燕賓鴻催日月喬松翠竹飽風霜

丈夫勲業莫嫌晚良驥由來老更驤

題緑陰堂

萬里炎荒一草亭微官挽我落南溟誰栽古木圍空翠為翦𤰞枝納遠青風雨半天秋縮瑟江湖滿地客伶傳日長吏散無公事欹枕看書門晝扃

和鄭邦達主簿元之五絶甫

斗粟折腰真鄙夫且圖一飽似侏儒淵明欲賦歸來引未免絃歌預計謨

望重東京憲與香自憐忝祖寸無長高天厚地容螻蟻
乞與江湖作漫郎
長倩抱關眞碌碌仲升吐策但平平頭顱四十已自揣
空負林宗裁鑒明
風姿眇眇志堂堂詩句驚人易數長高士行看三府辟
可容枳棘困仇香
邂逅天涯一破顏緇塵染素客途艱休將俗眼輕游子
無數珠璣咳唾間

賀陸監允濟二首

商飈送喜滿華軒喬嶽鍾靈積慶門天上台星對南極人間佳節是中元一時閩越看前輩千載機雲見遠孫香火祝公如衛武他年勲業照乾坤

大手聊分八使車腰叢六印益紆徐圜扉鞠草刑無濫萬竈熬波國有儲航棧蠻琛紛絡繹權衡選路不崎嶇蒼生久鬱為霖望早晚徵書下玉除

題潮陽石塔寺

投檄眞成出瘴鄉籃輿漸喜到僧坊長風解事吹江雨
乞與行人五月涼

與方稚川

南來猒見跕飛鳶之子相逢意凜然未用天涯嘆淪落
要知幕府盛才賢清譚霏屑論交地疊鼓喧江送別筵
帆腹漸肥人漸遠離愁長在夕陽邊

與洪景伯 适

快筆三江倒宏材太室須平生閱人久所識似君無嶺

海非長策乾坤賴壯圖殷勤將壽斝邂逅即亭衢老驥
心猶在饑鷹寒易呼何時殿門外握手話江湖

題師吳堂

夫子賢堯舜老彭嘗竊比鄭子及師襄下問曾不恥河
汾一書生自謂聖復起西京投閣士敢與孟軻齒古人
取名廉後人取名侈誰知今人中復見古君子方君帥
南越千載少倫擬燕居榜師吳一謙具四美隱之經石
門得名一杯水伯始萬事優可但清而已官曹服公德廉

仁革貪鄙民俗陶公化淳厚勝姦宄蠻獠畏公威折箠制千里老猾憚公明束手敢干紀三城有餘力一堂仍舊址裘帶自清閒賓僚多燕喜惟昔開元相勳業照青史胸蟠活國計試手曾向此我公廊廟具勞外亦久矣尺一趣歸裝高蹈廣平軌

題七星巖

天上何時落斗星化為巨石羅翠屏洞折三义盤空曲壁立萬仞穿青冥客尋舊路不知處龍去千載猶聞腥

欲訪僊子問眞訣巖扃寂寂水泠泠

赴南恩道間和楊體南延禧甫三首

再歲大江濵了無功可程行行看絶塞碌碌更専城不作安巢鳥應慚出谷鶯賴同草元手時抱一經横

身任東西南北居心安到處即吾廬窮途俗眼休相薄沮洳焉知無大魚

白鷗應恠舊盟寒斗粟低徊眞强顔更度桑乾隔并土不堪回首舊家山

邵監本𢹂詩相訪用集中閒居韻為謝

知君琢句用功深屹立長城不受侵紙上雲煙驚老眼筆端風雨起予心萬里初逢談亹亹一尊相對樹陰陰斯文入手豈易得況復逃空喜足音

再用韻書懷

行行漸入癉鄉深官事從人笑我侵越俎代庖眞有媿逢場作戲本無心賓僚暇日一杯酒杖屨西園十畝陰政爾無能落閒處且從猿鳥覔知音

西園二首

清樾纔十畝炎飆別一天華堂依怗石老木挿飛烟長夏絕無暑乘風幾欲僊心閒境自勝底處覓林泉

得意壺觴外心清杖屨閒簿書休吏早花鳥向人閒舊隱在何許倦遊殊未還天涯賴有此退食一開顔

和邵觀復本見贈

詩才千丈清且寬筆力萬牛挽不回平生用心有根柢丱角指南得天才江西波瀾浩如海一派流落天南坱

冬謂升堂齒已嚌可是持鼓門過雷詩能窮人豈其理
人窮乃工於詩爾不妨俗眼自青白第恐獠音無正始
俛首誰能兄孔方高談直欲妻法喜眼高未伏下孔楊
渠肯碌碌數餘子我無寸長班俊髦狐裘之傍羞緼袍
所得虛名真畫餅朅來窮海試鉛刀書生習氣掃未盡
畫諾閉門思和陶錐處囊中穎立見君欲逃名何可逃
君家故侯青門東人物于今有祖風落拓一官姑吏隱
敏捷千首追詩翁何者蹄涔留尺鯉未辦斗水活蛟龍

丈夫功業不嫌晚政恐夫君甘養蒙

西園招陳彥招同飲

稻粱未飽且紛紛鴻鵠低佪雞鶩羣萬里歸心闗嶠月十年旅夢瘴溪雲隣諳好事頻賒酒家不全貧肯賣文未用天涯嘆離索一尊滿意說桑枌

再用韻

斗粟驅人墮世紛卯申鳬鶩動成羣桁楊閒臥吏休日尊俎清譚士集雲久矣蠻荒真下策信哉鄒魯號多文

酒酣預約雞豚社會見婆娑故國枌

鑷白

昨夜庭梧滿意凉秋風不貸鬢邊霜等閒鑷白了時節書策縱横日上廊

秋城晚望

斷續悲笳起麗譙冥冥晚色四山椒隔江人散虚分米十里津喧蜑趂潮夕照含山心悄愴西風動地鬢飄蕭低頭自笑微官縛東望滄溟歸路遥

秋旱祈雨

萬頃膏腴欲坼龜禱祠曾不補毫釐朝廷無事政刑簡
天地何心嶺海饑絶徼難逢霖雨手隱憂先到老農眉
誰能鞭策卧龍起乞與滂沱一解頤

賀鄭漕三首

當年畫省與成均聯璧看君親弟昆清世幾人兼五福
白頭相對備三尊朝班猶識尚書履時論同推通德門
早晩芝函趣歸騎要令勲業照乾坤

天子欲寬南顧憂繡衣曾是舊人求山川不改元風采
父老能言昔政猷襦褲疲民應枕奠紀綱新度覺錢流
生靈一種同天地雨露何偏十四州
東京望重兩儒先經術傳家幾百年派別九僊緜慶胄
運逢千載毓眞賢鼎槐未即登三事社櫟何知托二天
壽考祝公如衛武願賡淇澳入詩篇
體南先生戒途有日惠詩爲別三復黯然和韻奉
送言不逮情

可但兒曹學未成鄙心蔓草要鋤耕勞君窮海生賓館為我文壇作主盟苜蓿闌干朝飯薄圖書跌蕩夜譚清便攜琴劍東歸得信有人間桑梓情
摶沙聚散苦匆匆歲晚山寒吾道東萬木飄蕭催客老一官去住任天公情知今夕芳尊倒魂斷長亭返照紅却喜到家春正好蠻烟洗盡見華風

和章守元振甫三詠

華堂存繪事昭代得儀刑迹與莓苔古名爭蘭茝馨清

風無遠近喬木未彫零今日斵泥手依然瘦鶴形

右包公堂

千里有餘刃一堂聊賞心庭虛延遠吹簷敞受繁陰休吏簾初下忘懷機自沉人間足塵土無路到清襟

右清心堂

飛樓跨危堞雲霧曉來披形勝供臨眺公餘來燕宜江横睥睨闊山入綺疏奇風月本無價君侯況有詩

右披雲樓

次韻弟師白庚至日及弄璋之什二首

時序鄉心破烟波眼力摧城頭烏信喜海上鴈書來一別壺山月三看庾嶺梅天涯椒桂酒淚墮伯仁杯

未辦謀生學計然紛紛又落海西偏癡心政爾了官事坐嘯何能作散僊霜雪半頭明鏡裏江湖歸夢野鷗前入懷雙鯉詩材健醒眼三珠喜氣全處處看雲消白日時時舉酒望青天想應留客煮湯餅弱柳犀錢細細穿

立春日有感

三見春歸人未歸天涯依舊賦春詩一官得失不相補
萬事乘除只自知年去年來供屈指嶺南嶺北入支頤
柳眉桃臉競時節難遣東風染鬢絲

春思

紅入西園早青歸平野多日長花欲睡風軟幕微波萬
户茅柴酒一聲欸乃歌天涯春漫好無奈客愁何

對瓶花獨酌

紅紅白白兩銅瓶軟飽相看眼倍明鬻肉自能知鼎味

底尋酒海與花城

恩平燈夕憶上都舊遊呈座客

千尺鼇山面紫宸豪華曾見夾城春至今魂夢鈞天奏投老宦遊窮海濱隨分尊罍奉佳客記時燈火照嚴闉年來大覺歡情減聊與風光作主人

方斛石菖蒲

勺水回環含淺清寸莖蒼翠冠峥嶸扁舟浮玉山前過想見江湖萬里情

石博山

誰琢翠嵐如許工晴巒洶湧欲穿空一塵不動心齋處寸縷初飛鼻孔通

韋運幹才卲和綠陰堂用韻爲謝

工拙相懸幾驛亭敢將沮洳敵東溟百年事契心先許千里神交眼倍青嗜酒揚雄官拓落耽詩杜甫瘦伶俜何時握筆論今古經庫勞君一啟扃

自恩平還題嵩臺宋隆館二絶

四山如畫古端州州在西江欲盡頭漫道江山解留客
老夫歸思甚東流
松菊壺山手自栽二年羇官客高臺無端却被東風誤
又作恩平一夢回
洪景盧邁賦素馨有遐陬不遇賞拔之嘆戲作反
之
不入東風桃李羣結根遠在瘴江濆眼看南國添春色
天遺餘波及寶薰淡泊直疑梅失素清幽欲與蕙爭芬

上林托足雖無地猶有香名萬里聞

和宋永兄圍棋青字韻因成五絶

翻劫解圍心有兵謀生政要眼雙青已收鵞陣烏巢幙
未放鷹揚鷗滿汀

塊然木石本無情底事紛紛如許爭天遣人間作仇敵
只緣黑白太分明

一勝一負乃常事七縱七擒眞妙機九械難窺墨翟守
六奇終破白登圍

哲匠觀旁嘿若喑銜枚勇士用功深管中窺豹誰家子技癢時時不自禁

千里歸來兩鬢絲清風永日對枯棋紅塵萬事不到眼此樂勿容兒輩知

送陳景明誠之甫尚書赴召四首

物望唐姚宋才名漢董晁力陳治安策親際聖明朝讜議裨宸極高文爍斗杓鵬程九萬里一舉接扶搖

鼎軸今虛席憂勤軫我皇蒼生思起謝丹詔急徵黃風

欲回三代恩難私一方願公攄遠業吾道倍輝光
雁塔相先後麟臺數往還至今清夜夢時共早朝班歲
月棲遲裏雲泥指顧間天涯瞻馬首喜氣動眉顏
薄宦跕鳶城歸來夢乍驚壯圖空老大朴學誤平生有
客嘲揚子無人薦禰衡鹽車逢伯樂作意一長鳴

次韻林梅卿尚書新塘之什

翬翼東西勢欲翔高懷卜築白雲鄉蝦鬚半捲山排闥
屬玉雙飛水拍塘天上功名身未老年來丘壑意何長

萬間廣厦須公辦政恐徵書下建章

乙亥歲除漁梁村

年來似覺道途熟老去空更歲月頻爆竹一聲鄉夢破殘燈永夜客愁新雲容山意商量雪柳眼桃腮領畧春想得在家小兒女地爐相對説行人

僊霞道中

村村翁嫗賀年華不道行人亦念家可是浮名能挽我杖藜元日度僊霞

次師白弟元日韻

且看時事愜心期莫為流年作許悲足慰羇愁緣鴈序

恐無奇策對龍墀梅粧已覺香全減柳線相將綠四垂

臘雪漸消春又到人間底事不潛移

次李元泰 宇 見贈韻

未遣枯桐逐竈爆君今收拾到微才東山謝傅為時起

前度劉郎何處來自喜餘年瞻日表恐無奇策上雲臺

尊前不用悲流落懷抱相逢且好開

別陳景明二首

董晁大策無今古曾據龍頭拜未央天府帶頒腰覺重露門茗賜盞餘香麻詞一掃千言就玉節三持萬里强自是中朝人第一更將威信懾要荒

冕旒目送出延英鼓吹江喧引去程三夏日遲心自急百年恩重命還輕賈胡久矣傳詩句酋長依然識姓名丹鼎刀圭應有在顧隨雞犬上蓬瀛

挽樂全宋丈二首

吾道初彫喪斯文竟老成一經貽子訓萬石擅家聲棠棣春陰重芝蘭晚節榮餘芳知未泯奕世有簪纓

嘆息高人逝儀形繪事傳耆年餘八十遺行滿三千朱紱沾新命蒼松鬱故阡春風笳吹咽桃李亦凄然

挽朱帥禹母二首

安室全貞操刑家藹令儀乘龍堆快壻幹蠱有馨兒未遂林烏報俄纏風樹悲汗青他日傳不媿栢舟詩

孝養空懷橘嚴規想斷機影留生日面棺掩嫁時衣萱

室言猶在蘭陔事已非九原行楚挽桃李慘春暉

挽方有成教授

生平勁節朱絲直老去清規玉斗寒卜築空存新第宅典刑不見舊衣冠百年世事隨風燭二紀才名獨冷官謝砌餘芳知未泯森森兒姪長芝蘭

挽林惠州深父二首

吾道初彫喪名公竟典刑牧民沾漢璽詔子有韋經阻奉金鑾對虛埋石槨銘登門人已往遺範儼丹青

昭代輕辭禄高堂久擊鮮慶餘黃雀報夢契白雞年酹酒生芻外歸魂宿草邊傷生者舊盡執紼涕潸然

挽張直講聖行二首

末學知歸寓先生有典刑家貧甘半菽身後只羣經尊俎言猶在瓊瑰夢已靈林宗負全節無媿冢中銘

故老復誰在此邦嗟至今文章千古事忠孝一生心客散門庭寂塵留几杖深莆人須遺愛南望淚橫襟

挽蔡公南别駕二首

膴政漸遐俗清風律懦夫人憐埋玉樹誰復奠生芻賦壽無三甲傳家有二雛經綸才不展身世一長吁

往歲從蓮幕逢君入瘴鄉但知期白首誰意熟黄粱星屏塵埃合銘旌道路長幾經遺愛地清淚濕甘棠

挽歐陽夫人許氏二首

斷機貽子訓截髪具賓盤異數行開邑他鄉忽蓋棺薤歌春日晚萱樹北堂寒蕭瑟青門道萊衣淚不乾

曹範梅峯下安輿晉水傍百年虧上壽五鼎富前喪鸞鑑塵

初合龍龕木已蒼平生足陰德親受伯仁觴

挽方仲及時簽判二首

才華早歲妙中州惠愛長存瘴嶺頭陳迹他年循吏傳

遺文何日茂陵求平生業履一經在投老功名萬事休

惟有歸然峴山石往來涕泪不勝流

年來羣盜滿南區百指間關返舊廬杖屨不辭還往數

尊罍猶想笑譚餘音容忽忽成千古身世悠悠竟六如

脩短窮通一無恨可憐經濟盡丘墟

挽蔡子應樞郎中二首

德藹周元老風流漢二疏千鍾兒輩事三徑野人居獨行他年傳生涯幾卷書東山終不起天意竟何如

龔慶名臣胄棲身世隱堂愛時多鯁論疾惡見剛腸髣髴商楹奠淒涼漢署香老成無復見雨泣路人傷

挽顧德將汝美甫別駕

襟懷淵海浩難量仕路恩威見弛張劇邑蒲鞭閒累月橫池血劍肅如霜來門絕迹心常泰銀艾橫腰鬢未蒼

學不康時年半百可憐天道竟茫茫

挽吳君與公誠甫大夫

吳侯大雅姿妙齡飽經術塲屋早蜚聲囊錐穎立出攜書走帝閽一第領髭摘吏途騁駿步霄漢刷健翮胷中萬餘卷未試二三策誰知郎廟具反任州縣責官小不自卑直道酬平昔愛民如愛子憂國如憂室愷悌疲俗蘇廉介貪夫律至今遺愛地籍籍數嘉績松菊動歸思塵埃辭吏役挂冠神武門高臥揚雄宅追念平生為秋

毫一無失桯桔謝軒冕膏肓嗜水石十載州府間不見
龐公迹萬事同甑破百年過箭疾嗚呼老成人忽忽就
窀穸豐碑存衆口餘慶有佳息於公雖無憾豈不為時
惜作詩遣哀情詩成轉悽惻

挽方宋賢于寶甫四絕方魯以獻書賜爵

少年挾策上皇都晚歲論功向石渠猶憶徽才在天祿
鉛丹曾為校遺書

千年忠孝歸圖畫百卷風騷動冕旒一尉南州成底事

可憐夜壑遽移舟
管輅相無壬甲壽鄭元夢告巳辰年收書恨未齊東觀
作記虛傳上九天
平生好尚流俗表無數交遊氣槩中未覺門前車轍少
阿戎清賞有渾風

挽陳夫人卓氏二首

貴不改舊習老猶遵幼儀安貧偕隱者急義勝男兒餘
潤河九里寧馨桂一枝秋毫有遺恨石窌剖封遲

蘋藻潔羞遺訓在芝蘭奕葉慶源賒何人誄德須千字他日
塚傍應萬家秋風摧謝忘憂草古木悲啼反哺鴉猶憶
升堂初拜跪依然象服儼笄珈

挽林聞遠

曾向文闈屈壯圖羞將華髮傍戎車平生自致千金產
投老相韋一卷書有子克家追羯末何人會葬盡嚴徐
青天白日佳城閉宰木蕭蕭繐帳虚

挽趙若愚母

孟母鄰兮陶母賓祥麟威鳳各才名早持容德嬪天族
誰信艱勤老我生雙鶴蹁躚來弔客一牛贔屭得佳城
人間毫髮有遺恨五桂纔看一桂榮

挽十一伯奉議諱卷之四首

弓治傳家學才名觀國賓譚經至白首投老漫青綸北
去曾乘險南歸益自珍要知超悟處縹帙有離塵
丘壑性所樂詩書老自娛譚惟聽兩部貧不種千奴歲
月柯間蟻功名水上鳧平生五車讀留得付諸孤

有子皆麟鳳承家賴一夔朝班通籍日綸誥錫封時堂上蘭羹罷人間風樹悲生榮死不朽猶恨未期頤往者更聲律公兮獨老成餘波及猶子作賦得虛名瘴海三年別靈巖一夢驚歸來訪遺跡心折涕縱橫

奏議

上殿劄子

臣聞洪範曰惟辟作福惟辟作威臣而有作福作威則害于而家凶于而國蓋慶賞刑威人主之大柄也柄下

移則主道不尊天下之患有不可勝言者恭惟皇帝陛下體堯舜之聰明法禹湯之恭儉虛懷以招徠俊乂屈已以愛卹黎元比年以來干戈偃息農畝屢豐海內無事高拱以責成功而大臣任私上辜委寄爵賞以愛憎為高下刑罰以喜怒為重輕陛下務全體貌曲意優容羣臣畏禍莫敢一言天下之人但知一相之重莫知君父之尊乃者天啟宸衷奮發剛健思與中外多士一新庶政甚盛舉也臣願陛下收還威柄躬勤萬幾毋偏聽

毋獨任凡爵禄廢置生殺與奪命政府大臣更相可否求合於道如或議論不同許各以已見次第敷奏然後自以聖意斷而行之天下幸甚取進止

第二劄子

國家之患莫大於以言為諱以言為諱則政事之闕失刑賞之過差大臣之專恣下民之疾苦皆壅遏而不聞國之不危者幸也臣嘗觀自古貽此患者皆由其君愎諫遂非逞威喜佞故其下無敢言今日之事則不然陛

下寛仁大度容納忠讜臨御三十年未嘗罪一言者雖唐虞三代聖帝明王不過如是然天下敢言之氣摧沮殆盡良由用事之臣挾謗訕之律以鉗天下之口爾夫秉筆之士立言措意類不能逃疑似之迹今自朝廷百官下至草萊一介試集其所為文於數篇中掎摭其語必阿附於謗訕之律是此一律可以盡羅天下之士而寘之罪惟權臣所欲為耳古者設官監謗立法止謗者皆非治世之事故舜立誹謗之木成周盛時士傳言

庶人謗唐虞三代不畏人謗已蓋其中無歎惟恐天下不一指其失也臣愚伏望陛下寬謗訕之禁下求言之詔使人曉然知前日以言語獲罪者皆非聖明之本心自可日聞嘉言感召和氣實萬世太平之基

邢孝揚覆謚議

爵位可以苟得刑辱可以幸免惟名終易謚美惡不可得而私公以名家為國懿戚不沉酣於聲色少服儒紳而與諸生角藝於成均不酖毒於宴安兩銜國命以副

大臣宣威於絕域其奉身而退也棲心內典視富貴如儻來其易簀而終也貽訓後昆以死生為晝夜公之出處可謂無媿謚之忠靖其誰曰不宜

書

上陳尚書

物之可喜者人以為虛名而不知實用之所從出也鳳凰麒麟殆不如馬牛之可羈絡而用也然二物不出於草造僅存之世必人蓄滋殖治道晏粲而後見焉故一

麟鳳不知其幾百億馬牛也隋珠趙璧無補於饑寒然得是而貿易之與斗尺物較多寡何啻山淵之塵涓也小兒聚戲睟者搏黍齧者攫金性愈開而智愈明事愈異而喜愈大故農喜年豐商喜貨售綴文者喜得機雲之句求名者喜挂許郭之口孝者喜得親忠者喜得君氣槩者喜知己交游者喜得朋為天下計者喜得非常之人嗚呼喜至於是極矣麟鳳不足以為瑞珠璧不足以為寶是喜也千百世而一逢歟舜之歌曰股肱喜哉

孟子曰舜以不得禹皋陶為己憂不得為憂則得之為
喜可知非特臣喜得君而君亦喜得臣也君臣交相喜
政事以成社稷以固禮樂以興休徵以應四方萬里喜
氣不可涯涘農喜於田商喜於肆士喜於學官吏喜於
朝禽獸魚鳥不知此喜而人為之喜山川鬼神不見其
喜而人想其喜某束髮讀書遐思喜極之事不意垂老
乃親目之休哉休哉方今朝廷清明邊境寧謐無可憂
之事故亦有可喜之迹不幸台星掩耀黼座焦心驛騎

南飛旌車北指閤下道德之重謨謀之富聲名之洋溢想其登文陛覲天顏雲龍雨水不足狀其喜也我天子喜得其人天下為我天子喜得其人而為己喜得其欲故有公喜有私喜公私本無異合天下之私則公也某也公喜與人同而私喜於人異歲在甲子天子不以某為愚不肖寘諸儒館某不自喜而喜與閤下接茵憑親謦欬獲識天下非常人爾後雲泥遼絶南北阻脩乃者閤下班秩西清分憂南顧高牙大纛輝映蓬蓽某不為

閣下喜而自喜疎遠未見棄於左右是二喜也疑私也然詢之儕類詢之道路詢之田父野老婦人女子其喜有甚焉者則某之喜為不私矣噫喜之極則愛之至愛之至則必有所獻焉今閣下之名第高出諸儒之右閣下之文章膾炙天下之口聰敏過人學問高古今其行也天下孰敢仰視然古之人有不以名第不以文章椎魯朴直而能了天下之大事書曰如有一介臣斷斷猗無他技其心休休焉其如有容人之有技若已有之人

之彥聖其心好之不啻如自其口出是能容之以保我子孫黎民由是觀之自賢非難賢賢為難哉其在南荒側聞諸搢紳先生論今時人物曰古之所謂大臣者其心休休焉陳某之謂矣夫心不休休骨肉有不相容苟休休焉天下皆吾度內也休休之語千百年來無人當之東坡先生常以許霍光司馬溫公繼以許盧懷慎而諸搢紳先生復以許閣下以霍之無學盧之不敏其能有容猶見稱於後世況閣下之才而不自衒敏而不自矜

其又在盧霍之上矣以閣下之名望而以此心行之日復一日若無有厭倦蒼生蠢蠢皆有望於閣下矣自始聞天書踴躍不自勝瞻企台光俯伏道左足屢抃而口欲謠情不能已輙以毫楮抒中心之所欲伏惟少寓目焉冒犯威尊下情皇愧之至

表

代謝御書表

聖經惇史炳若丹青寶翰宸章刻之金石出九重之副

本爲列郡之珍藏跽誦再三欣榮倍萬恭惟皇帝陛下日新盛德天縱多能粹然洪深敏達之資輔以緝熙光明之學寰區底定烜赫帝王之極功廣内燕閒游息藝文之餘事心筆俱正古今所稀豈宋武之足多畧文皇而不數兼八體以遒勁述四書而發揮非惟爲儒者之榮于以見聖人之意臣幸生盛旦假守偏州識無魚魯之分躬被龍光之賜在天成象粲奎壁以相輝與世作程等乾坤而不朽

代賀冊皇后表

王假有家聿求於內助天作之合允屬於元妃涓穀旦以備儀即長秋而正位事關宗社喜溢寰區臣某誠懽誠忭頓首頓首臣歷觀古先賢聖之君必有淑慎柔嘉之配虞興嬀汭夏啓塗山有娀之肇商邦太姒之隆周室故葛覃言后妃之本而關雎為王化之基載在史編永貽壼則恭惟皇帝陛下離明繼照乾健偕行將刑寡妻以御家邦思得淑女以配君子爰求懿德進統宸闈

正六宫之表儀大一人之輔佐禮行太室侑成祼饗之共色養東朝助致寢興之問徽音克嗣陰教益脩推廣至仁男女得及時之願感召和氣陰陽無失序之愆臣職守遐方躬聞盛事情雖極於鼇抃身尚阻於鵷行已協周詩化天下以順婦願同堯祝使聖人之多男

啓

謝葉帥薦舉

從事南州已逭曠官之責剡章北闕重勤推轂之私譽

實過情喜不逾媿竊惟上臣報國莫先以人志士殺身
每為知己惟授受盡由於公議則選掄多獲於真才仰
無負於所期俯不愆其素守自時厥後茲風莫存在上
者既無意於作成在下者乃枉己而求售故寒陋不以
衒鬻為耻而王公常以簡貴自高每懷自獻之羞未有
不求而獲競趨勢利閧如市道之相求鉤致聲名用之
公家而無補儻非凜高義操此至公則何以坐還千古
醇厚之風頓格一時習俗之弊力推後進靡俟先容伏

念某天與冥頑人誰比數徒守菑畬之訓恐隳弓治之
傳豈意凉能偶塵高第名重而於實難副論高而與世
多違俛仰一官浸尋七稔心期事業初謬意於古人力
盡米鹽幾失身於俗吏尚幸私心所懷者梗槩平生自
信者行藏不肯妄求不為茍合不借名卿之勢援不資
譚士之游揚敢圖不肖之名誤徹長者之聽匪由介紹
自獲眷憐始至門闌一瞻履舄尊俎接恩懃之宴齒牙
蒙特達之知辱以褒辭轉之宸鑒斯前輩盛德之事公

允蹈之在至愚極陋之姿望不及此茲蓋某官以忠致
主以道覺民以文章作世程以人物為己任知中才不
常有必磨礲誘掖而使之成念小善不可遺故提攜汲
引而與之進遂令謭薄亦預品題某敢不恪守初心誓
堅晚節雖未能圖國士之報庶不終為小人之歸

謝館職

稅鞅南州初離冗調讎書東觀誤玷清流辭恐近名受
慚非據竊惟治道之隆替常繫人才之盛衰苟養於閒

暇之時而須其成則至於緩急之際而收其用故皇朝大開儒館列承明著作之庭遴選時髦典圖籍藝文之事一無吏責每號英游非獨究簡編之斷殘抑將待器業之成就或以淹該而持從槖或以詞藻而代王言或經術淵源而師表諸生或識度宏遠而叅陪大政凡旋登於要路率多由於此途矧夫睿聖中興典章大備追述祖宗養賢之制式符堯舜稽古之心珍館一新掩天禄石渠之壯麗遺書盡獲軼開元正觀之盛多自非博

物洽聞宏才偉議苦心識子雲之奇字强記誦安世之亡書則何以接蓬萊方丈之游紬金匱石室之祕如某者趨時獨拙賦分最奇鈍遲無倚馬之才涉獵乏夢熊之對少壯努力初欲無媿於古人長大苦饑豈敢有意乎當世徒以家聲之墜地要須儒術以謀身不圖蕞爾之才乃中褎然之舉一行作吏百不如人自決科雖閱於八年而莅事纔更於二考汲汲于斗升之禄區區爲口腹之謀忽被優遷實踰素望人皆歆艷目曰登瀛之

榮己獨凌兢心懷臨谷之懼重念寒門之先世蓋嘗厠迹於英躔坐復青氊慚無歆向父子之學自量素業難居傳班伯仲之間何取孤蹤亦陪俊軌茲蓋伏遇某官股肱元聖羽翼斯文雖巍巍勲業之無前尚切切人物之為意提攜晚進不遺下體之菲葑收拾寸長盡種盈門之桃李遂令頑陋亦預甄陶某敢不奮發遠圖溫尋舊習力死而後已之學讀生而未見之書誓竭微軀仰酬洪造雖大臣務得人而報國不容謝私然志士為知

已而殺身豈敢忘德

謝宮祠

騰憲府之章分甘永棄拜祠庭之命忽被優恩退自省循重增兢畏伏念某受才朴拙奮迹單微頃緣絺繪之文遂預搢紳之列粤從筮仕即辱甄收捧檄南州久叅幕畫雝書東觀濫厠英游皆鈞衡特達之知非左右游譚之助自鄰無處必負所期果風波之橫生難調衆口雖鉛槧之無補敢有他腸所幸大賢之容人不以一眚

而淹德縱排毀之端靡所不至而記憐之意終未少衰尚俾罪軀獲沾祠廩無官守無言責日尋故國之交遊不耕穫不菑畬坐享全家之飽暖夫何幸會有此便安樞密相公道濟生靈量包宇宙立巍巍之勳業猶汲汲於人材待物以寬持心近厚已聞比屋之擊壤寧忍一夫之向隅憐其迂疎雖未能表見於當世察其寡特必不至立異於他門未忍棄捐旋加湔濯其敢不退安閒散追訟愆尤閒香火之餘陰理耕讀之舊業寓意琴書

之內全身麋鹿之羣殘齒衰骸萬一未塡於溝壑枯根敗枿庶幾或産於菌芝

答王守碎章

三載鄉封舊親德宇一麾鄉部行被仁風未脩桑梓之恭先辱緘縢之問撫躬增媿與衆交欣其官全德難名巨材不器貌雖溫而言則厲氣極大而志愈謙議論有君子長者之風望實聳搢紳先生之觀文章獨步繼鳳閣之三人簪紱相傳擅龍門於一世粤從壯歲自致要

津登承明著作之庭紬金匱石室之祕猶欲盡觀其底蘊故須歷試以事功爰錫命於楓宸俾分憂於莆郡矧惟茲土昔號樂郊地雖瘠鹵而民力耕桑俗雖顓蒙而家傳詩禮不勞游刃即躋莫枕之安佇聽賜環入膺前席之問某久暌色笑尚辱記憐自分奇窮已甘邦有道之貧賤何期幸會獲事州主人之仁賢感與媿并意非言盡道途跋履歲律崢嶸願言旌旆之亟來式慰閭閻之久俟

謝授肇慶倅

恭承朝命俾佐郡條坎壈孤蹤荷鈞衡之平施瀾翻薦口賴根柢之先容感極涕零媿深汗溢伏念某乾坤長物湖海微生不能力穡以活妻孥妄意讀書而干祿位蚤緣末技獲際昌期本無籍甚之聲偶玷褎然之舉初從幙府依紅蓮淥水之游繼入蓬山紬金匱石室之祕親承咳唾屢接茵憑自憐素志之粗酬人謂青雲之可必名重而於實不副命乖而與世多違一辱泥塗五移

歲籥托身餘潤如行霧露之中回首舊遊若在雲天之
上不圖流落尚軫記憐寘之偏州寵以別乘非特起故
將軍之廢且令任半刺史之權豈無夤緣致兹忝冒兹
蓋伏遇樞密宫使侍讀眞忠遇主斯道覺民高文儼作
世程衆技好若已有知全瑜不易得必磨礲而使之成
謂累敗未可捐故拂拭而與之進眷言及此感幸何窮
惎敢不祗畏簡書服勤官守鞭驅十駕庶幾免俗吏之
歸矢竭孤生萬一圖國士之報

謝舉陞陟

承乏南州數載絶緘縢之問剡章北闕一言甚黼黻之榮譽實過情喜不逾媿竊以人才之用不用繫於公道之行不行其行也惟賢知賢付以耳目之所不及其用也以類求類舉其腹心之所嘗知惟其不務文具狥流俗以市私恩然後能進真賢得實廉以稱上旨顧斯道寥寥久矣逮今日稍稍見之伏念某生而賦頑鈍之姿學不通古今之變名重而於實不副命乘而與世多違

初雖妄意古人謂功名可唾手而取終乃甘心俗吏以歳月為致身之資實自取之夫何言者然而私心所存者義命平生自許者行藏不敢枉尺而直尋獨耿耿者尚在以至跋前而疐後亦休休然其心自非高義過人冲襟絶俗又安肯借以齒牙之重達之旒纊之前茲蓋伏遇某官體上臣之事君思天下之善士下交不瀆謙謙得君子之終久要不忘戀戀有故人之意而某舊學荒落壯心蹉跎必無騫騰之奇以副特達之遇粗知守

法庶可酬恩

肇慶韓顯交代

叨奉上恩攝丞郡政人品最下初無籍甚之聲稱天幸良多獲繼賢者之軌躅趨風有日進記通名某官地望高華天資警敏趣操自拔於流俗學問不愧於古人受才如璞玉渾金莫名其器遇事有盤根錯節益見其能宜闊步於要津豈淹翔於外服蓋欲備嘗於險阻以為大用之權輿某不能力穡以活妻孥妄意讀書以立門

户俯仰寸禄蹉跎壯心顧吏才素號空疎而官守適相
先後涉筆占位敢自謂半刺史之權謄馥殘膏庶幾聞
舊令尹之政

肇慶劉守仿

誤被宸恩攝丞郡政空疎無取深慙小子之斐然幸會
何多獲事大夫之賢者知聯事合治之無補喜承顔接
辭之有期某官清白傳家文章華國儒雅飾吏愷悌宜
民以從容適時之才而周旋當世之務使馬如羊使金

如粟難移張奐之心賣刀買犢賣劍買牛一新渤海之俗久以賢勞而分憂千里佇觀課最而入為三公某天賦冥頑人誰比數雖素無一日之雅行將有二天之依官類魏舒固嘗襆被才非仲舉敢覬題輿東壁分輝儻獲在照臨之下南薰假翰庶幾無瘝曠之虞

又

三年散地叨奉真祠一旦誤恩俾丞郡政知聯事合治之無補幸承顏接辭之有期某官世濟忠嘉才全經緯

望實聳搢紳先生之觀議論有君子長者之風當羽儀於中朝乃蕃宣於外屏蓋九重不忽於幽遠故一麾借重於老成共仰承流宣勞來還定安集之意佇觀入覲奏康樂和親安平之書某舊迹單微受才朴拙學不知變每與世而背馳仕專為貧初無心於擇地何知蹇步獲並英遊分我餘光行將出照臨之下因人成事庶幾無瘝曠之虞春律向中黄堂多暇願益珎於調護以上體於眷懷

上鄧監文饒

恭承朝命叨贊郡條流落孤蹤益遠長安之日夤緣大庇幸依刺史之天揣分難堪捫胷增愧伏念某淸時棄物僻壤腐儒生而賦頑鈍之姿學不知古今之變偶緣章句誤玷簪紳初嘗妄意古人謂功名可唾手而取終乃甘心俗吏仰斗升爲餬口之資雖跋前疐後之可憐亦流行坎止而無媿竊惟高要密邇雄都在昔人號跕鳶之鄉甲薄殊甚於今日乃潛龍之地授受不虛何取

非才輒忝別乘其官剛直養氣仁厚存心立朝之大節可觀出使之威聲彌聳通達國體期天下之澄清旌別人才蘊胸中之涇渭凡在照臨之下舉懷榮幸之私某猥以庸虛夙蒙知奬念昔居於輦轂甞屢接於茵憑夢寐舊遊若倚層霄而躡步涵濡餘潤常疑清露之霑軀期夙夜於公家庇初終之德宇

賀林諫議梅卿大鼐

顯承詔綍擢長諫垣知朝廷公議所歸作士夫敢言之

氣有識相慶不謀同辭竊以禁從之班於今最貴諫爭之任自古爲難惟德大則一日九遷而人無異言茍望重則垂紳搢笏而上無違德是以千秋拜相由寤意之一言魏鄭立朝自致主於無過蓋任賢享天下之福惟大人格君心之非自匪眞才曷膺妙選恭惟某官門下道全經緯學究淵源氣極大而志愈謙貌雖温而言則厲奮由直道一人心知其精忠動合至公四海想聞其風采衆咸謂當今之世大有爲捨公其誰果若人言立

登要路必將展盡底藴維持紀綱力行平昔之言大慰邇遐之望獻其否以成其可綽有古名臣之風以斯道而覺斯民蔚然眞宰相之器願已久矣行將見之不佞某猥以庸虛舊蒙知奬初聞成命喜覩賢路之亨自幸微軀將有化鈞之托

回四會宰陳亮功

僕被造官姑借一同之重交印賑事行聞三異之成黨友增歡閭閻相慶恭惟某官挺生名閥綿歷仕途得處

己之重周有宜民之愷悌尚懷墨綬來邑嵩臺毋嗟期會之徒勞政仰寬隆之誕布雖魯城絃誦尚有賴於言游而建武旌車恐先求於卓茂佇膺眷渥俯愜輿情某夙忝懿親偶同王事馳一介之未暇辱雙緘之見貽感媿于中宣寫難盡

謝惠生日詩

辱佳篇之下逮慶賤子之始生誦熊羆占夢之詩前無作者興父母劬勞之念寧不慨然感與媿并意非言盡

回譚解元 惟寅

偶備數董棘闈之政督有司程藻思之文雖袖手嘿頤
無所可否而駢珠儷玉亦預榮觀寵餉珎函罙深牢佩
某人儒林杞梓學海鯤鵬摛黃絹之妙詞還青氊之舊
物百發百中已收穿葉之功一飛一鳴竚看冲天之舉

迎黃憲 應南

伏審顯膺宸渥荐擁使華增重繡衣之榮坐復青氊之
舊帡幪所逮鼓舞攸同恭惟某官望重搢紳才全經緯

出處有古人之節文章為後學之宗鼓篋膠庠作一時之領袖峩冠豸府正萬世之紀綱衆欣賢路之方亨公乃急流而勇退出持憲節徧歷遐方按三千屬之祥刑拯四十州之弊俗鞠黄沙於茂草豈惟三木之生塵收赤子於潢池殆見五兵之不佩未容暖席行見賜環其猥以庸虛夙蒙知奬昔効官於輦轂獲接迹於茵憑回首舊遊彷彿頳霞之表托身餘潤依稀碧霧之中

賀方帥務德移福州

光奉爾書就移玉節從民望也一新閩嶠之風我公歸兮漸近長安之日庇庥所逮鼓舞攸同恭惟其官世濟忠嘉才全經緯清規絶俗而得渾厚端方之體德量過人而有沉深機警之謀閱禮敦詩易蠻獠四十州之俗輕裘緩帶得貔貅百萬衆之心懋著聲猷彌隆眷注繄三山之奥壤控百粤之上游簪組蟬聯舟車輻輳當八郡兵民之寄皆一時卿相之才勞申伯式是南邦已聞報政命君陳尹此東夏行見賜環某夙荷眷憐獨高貺

等曾忝部封之屬吏又爲里落之編氓託蔭居多馳辭
敢後簡書可畏禮未展於凫趍竿牘代言情有同於燕
賀瞻依之悰敷叙奚殫

權南恩謝諸司

貳政星巖深慙尸素攝官龜嶺誤辱眷知問途而鄉井
益遥拂印而面顔有靦其學不知道仕專爲貧人每憐
其疐後跋前已自安於流行坎止老驥伏櫪空壯志之
猶存窮猿投林欲擇木而何暇惟恩平之小壘在南海

之一隅吏姦黠而民困侵年地荒遠而人多鄙薄風俗彫甚儲峙蕭然顧於此時濫假長民之寄恐不終日即貽知己之羞更賴餘輝以圖後効茲蓋伏遇某官最深憂國務在得人方攬轡慨然澄清其推轂無非寒畯遂令頑鈍亦預品題某敢不恪守官箴勤卹民隱効昔人一日之居必葺庶窮海積年之弊可除越尊俎而代庖人雖出位背君子之訓賣刀劍而買牛犢儻用心有循吏之風

賀陳帥季任楠

疏恩北闕擁節南州輟九重侍從之清班付一路兵民之重寄帡幪所逮鼓舞期同某官學究淵源氣全剛大出處有古人之節文章為後進之宗發策決科早登名於異等昂霄聳壑旋接武於清途芸閣磨鉛螭頭簪筆典朕三禮而居秩宗之任召魯諸生而修綿蕞之儀衆欣賢路之方亨公乃急流而勇退智恬交養譽處彌休内外多所踐更名實加於上下大江千里得李勣賢於

長城細札十行命申伯式是南土眷兹嶺表控彼蠻陬封圻雖遠於中州事權實甲於他郡出盧奐爲太守豈曰左遷召宋璟以尚書行將大用某攝承支郡忝辱年家敢圖幸會之來乃在庇庥之下效官有守不獲負弩矢以前驅趨慶無階輒敢馳緘函而寓意

迎鄭漕才仲 啓

顯被宸恩奉十行之漢札肅將使指馳六轡於周原即報初傳輿情交慶某官德方以大器博而閎紱蕙握蘭

早見知於當宁登車攬轡久宣力於外臺出處多所踐更名實加於上下眷惟東廣控彼南荒封圻雖遠於中州委任不倖於他路于以銓衡於百吏何上饋餉於六師帝曰疇咨人惟求舊坐獲青氈之故物復畀綉衣之重權耆舊十年謳吟猶在江山千里風采依然佇奏課於木牛即召還於金馬某接居鄰壤廁迹提封敢言半面之知幸托二天之庇聯同前

回黄高州德初

誤膺臺檄暫守郡符越尊俎而代庖深慚出位如蒹葭之倚玉幸托餘輝方喜同千里之休乃先辱一介之使其官望隆士表才號吏師藹然奕世之忠嘉優有致君之事業蜚英騰茂才名獨擅者四十年宣化承流能事最推於二千石屬睿主久懐於幽遠故遐方借重於老成與其斂大惠而施一州孰若告嘉猷而澤四海久聞報政即見追鋒某里閈晚生乾坤長物昔恨馬牛之不及今欣雞犬之相聞儻不廢於親仁善鄰庶獲沾於殘

膏賸馥爵縻吏歎雖末聆咳唾於几席之間輿頌口碑
已屢采歌謡於阡陌之上

賀陸漳州 涣

光膺宸命榮領郡符疏滌利源久秉軺於南國統持方
面遽握節於東州慶君子之逢時見烝民之蒙福竊以
太平作郡莫急於撫綏良吏存心惟先於寛恕兹朝廷
所以重老成之士而黔黎因之多休息之期矧閩嶠之
遐藩眷臨漳之奥壤人情簡古土物豐穰尤宜藴藉之

儒以布中和之治恭惟某官器能通博學問淵微視十四州之職而已處於雍容諒二千石之尊而不勞於聲色佇期報政行屬登台某夙忝下僚欣聞盛事媿莫陪於賀客徒企仰於恩閎

回梁文學作心

親承聖門高擢儒科青衿知稽古之榮梓里見破荒之事士風增重公論攸歸新恩先輩懿德翤中高文行遠粹矣崑山之片玉爍然滄海之遺珠負百發百中之才

振一飛一鳴之舉刈其蔓楚雖無南宮新進之功收之桑榆乃得大器晚成之効其偶承官乏獲際榮歸過煩左顧之勤申貺長牋之重惟知嚴佩曷究名言

賀林高州交印

伏審洗篆臨民褰帷問俗蕞然小壘寔甚邇於鄰封首被餘波敢不馳於尺牘其官器函方大德秉粹明優為華國之文章綽有致君之事業橋門萬計早擅雋聲江海一麾再煩妙手蓋清朝德澤欲暨蠻陬故宿學師儒

姑借君重與其斂大惠以幸千里孰若盡嘉謀而告九重恐孔席之未温即周行而誕寘其乾坤長物桑梓晚生已閲瓜時尚兹匏繫旌旗夾道且幸接名理於函丈之間雞犬相聞行當問教條於封圻之上

罷任謝黄憲

一官拓落毫釐無補於公家三歲終更頂踵盡由於恩地登門莫及解組知歸伏念某本無寸長偶竊薄宦磨鉛東觀初不習為吏之方捧檄偏州乃出於為貧之計

崎嶇兩郡首尾四年久闕瓜期幸逃官謗顧微軀之罪戾疵疾猶自知之非當路之終始矜憐難乎免矣茲蓋伏遇某官寬慈接下忠恕待人迄全流落之蹤俾遂飛沉之適鄉閭在望預想故人平生之歡溝壑未捐尚冀異時驅策之下

謝叅政

持版佐州久負空餐之媿及瓜還里偶逃曠職之誅生成皆自於化甄俯仰益慙於恩地伏念某稟生固陋逢

世休明籛揚而得糠前猥塵科甲跋躓而蒙寸進頻冒鈞除頃從幕府之歸擢預書林之選横恩既過公議何逃猶曲荷於保全俾退安於閒散一違榮座十换年圭灑掃真祠已負取三百囷之誚翺翔半刺尚令分二千石之權州無瘴嶺之氛邱有固陵之舊幸哉藏拙甚矣叨榮屬當交泰之朝方極包荒之量德明光於上下公既祗歡聲教曁於朔南民亦易治雖勤夙夜莫効涓埃銜恩浹於肌膚揣已輕於毛髮某官仁漸動植勲塞天

淵開廣厦之萬間并容多士轉鴻鈞之一氣鼓舞羣生眷此孤蹤最為舊物顧窮途其向晚捨公府以焉歸疲馬戀軒惟不忘於舊德枯魚在轍實深望於餘波

賀章監 元振

光膺宸命就易使華即報初傳輿情胥慶竊以國家根本全賴於東南財貨源流莫先於鹽鐵惟邀利生弊多起於少年儇薄之徒而奉公便民必得於長者寬厚之士朝廷所以有令日之命黔黎庶幾歌二天之恩恭惟

某官器宇宏深學問溫粹不以嶺海之陋而遐宣於主
德不以聞望之重而迭守於外藩因民情之素諳宜天
書之加貺起二千石總十四州雖賢者處外猶處中在
人望愈久而愈重諒由旦夕即正鈞衡某夙忝同僚欣
聞盛事媿莫陪於賀客徒企仰於台閣

考功謝沈參 該

右某令月某日准告授前件職事者十年去國方稅鞅
於遐陬一札賜環遽分曹於選部生成恩厚感激涕零

伏念某縫掖陋儒搢紳衰緒閤祈招而莫對每深媿於淺聞讀爾雅而未詳亦何名於勤學偶奉三年之詔猥先多士之鳴自憐素志之粗酬人謂青雲之可必逮終更於泉幕爰備數於蓬山觀黄香未見之書濫陪俊躅負李廣不侯之相卒致煩言尚有賴於至仁終未捐於一眚漸加湔祓不忍困窮灑掃眞祠取三百廛而有覥翺翔半剌佐二千石以無聞不圖姓名誤徹旒纊承秋毫之帝力覩咫尺之天威宣室趨班無復少年之賈誼

元都訪舊共驚前度之劉郎矧文昌為喉舌之司而郎
吏應星辰之列屬鼎新於百度方彚進於羣英千里江
湖多少何關於乗鴈一時臺閣網羅亦到於沙鷗豈無
夤緣致此僥冒兹蓋伏遇某官以伊周之業自任以堯
舜其君為心將立太平之基大開衆正之路念使功不
若使過試提攜而許以自新謂守道必能守官儻激昂
而收其來効致斯朽斷忝被青黄其敢不夭賦勉攄歳
寒堅勵剪蹄涉草庶不為小人之歸刷羽飼花敢忘報

國士之遇

謝湯樞 思退

潛藩貳政幸脫瘴氛細札賜環遽叨清選顧卬翼之恩厚覺毫髮之命輕伏念某賦性疎愚奮身寒苦粗守菑畬之訓不隳弓冶之傳學無仲舒之淵源亦射漢庭之策官類子雲之拓落曾讎天祿之書短綆難汲於深淵蹇步濫陪於俊軌果由非據自速煩言一落泥塗五移歲閏接茵憑於東觀恍如醉夢之中望履幕於西樞直

在雲天之上雖憔悴飄零之可厭乃終始記憐而不衰猥以賤名達之上聽俾差池乎雲路承咫尺之天顔宣室席勤豈復當年之賈誼元都桃滿共驚前度之劉郎矧文昌為喉舌之司而郎吏應星辰之列方屬臺綱具舉正逢國棟咸掄秉鴈煙波寧係江湖之多少孤鷗蹤跡亦塵廊廟之網羅詎乏先容頓躋非望茲蓋伏遇某官以忠致主以道覺民以文章作世程以人物為已任念秦帥猶堪使過從寬典而許以維新謂虞人實能守

官破常資而期其來効遂令孱陋亦與甄陶其敢不恪
守初心誓堅晚節駑駘自策庶不終於小人肝膽長銘
敢忘酬乎國士

謝陳內翰誠之

右某伏准照牒擧其自代者恩發宸衷職司翰苑履至
榮而求避引亡似以爲辭莫副褒稱惟增祇惕伏念某
昧淵源之學賦魯鈍之姿衆望不歸未審以何爲雅枯
文無幾況敢求所謂高但以鴈塔題名偶相先後鼇山

校籍屢奉周旋乃令塵土之蹤得挂齒牙之議拔沉淪以達聖明之聽推鄙朴以簉才傑之流雖松栢之枝每欲引致於蘿蔦而鴞鵰之翼安可扳傅於鴻鵠恭惟某官名壓人寰學通聖奧以羣才為己任以直道結主知欲追堯舜之隆吾身親見雖效益垂之遜帝曰汝諧密參禁中之謀少出袖閒之手以六經為諸儒倡俾萬姓咸大王言諭巴蜀之迷蠻夷率服下山東之泣凶獷潛消某已辱知憐敢忘激勉束身以附參朮芝桂之末拭

目以觀典謨訓誥之文三復寵章固已羞慚於公議庶
幾肆業尚堪收拾於他年

記

興化軍重建軍學記

閩蜀相望各在西南一隅而習俗好尚實有東州齊魯遺風蜀由漢以來號為文物善地閩又其最後顯者莆之為郡蓋百有七十餘年咸平初始有詔立學中更三舍歲貢之法生徒日滋有司病其隘乃斥而大之未五

十年腐蠹漫漶摧壓睘盡紹興十有九年永嘉徐君士龍來居師席始至慨然欲改作一日進諸生告以令國家稽古禮賢崇飾學校之意復白其狀于部使者鮑公延祖得金錢一千三百萬以明年冬十一月始事閱月六告成舊學廟屋中峙旁置諸生之館令茲東廟西學俾祇祠肄業異焉凡廟學之制細大畢具廟之前有崇閣以閟御書後有廣堂以繪三禮名物學之中庭甃石瀦水約諸侯頖宫之度又設縣學于廟之東偏傅以廩

藏庖湢為屋凡四百八十間復其餘為教官治舍非特制度宏偉雄冠一時而規畫有理雖百世不能改既乃合三縣生員筮日迎賓陳僎介百拜飲酒而落之相與求文於某以識其成某曰昔吾夫子一旅人耳千歲之下享王者號獨處巍巍之宮而無媿者以斯文所託也吾徒食息學校當求其不畔於吾夫子者則羣居於此亦庶乎其無媿矣新而敝敝而更循環之理今之一新烏知久而不復敝乎吾將以徐君行於已者遺人行於

今者遺于後其可也西京文翁稱為循吏其治蜀也知有所本能使蜀人至今思之下睎趙張龔黄輩平盜賊理獄訟課農桑未免為俗吏乃知一時之功利不足以當萬世之教化徐君樂吾閩之習俗而思古人所以及物者既能成就如此猶以居冷官力難使人為不足設其勢可以自為如文翁詎可量哉左承議郎新差通判肇慶軍府主管學事兼管内勸農事借緋黄棊記

序

送同年林嘉言孔彰甫序

昔晏子論梁丘據謂和與同異吾夫子亦曰君子和而不同嗚呼同之不可也審矣余謂同雖與和異而和未始不出於同酸鹹苦甘辛雖不同而同謂之味孰能捨五味而和羹宮商角徵羽雖不同而同謂之音孰能捨五音而和樂以是知和而同易不同而和難近世以來同而不和者有矣未見不同而和者也長樂林嘉言筮仕溫陵余與之周旋者一年凡平日之議論設施如石

投水莫余或逆人或疑其同余曰固也余與嘉言皆閩人其居同鄉家世以儒顯其習同業以戊午歲俱捷於南宫爲同年越三載俱佐汪公幕爲同官易曰同聲相應同氣相求余二人乃聲氣之同異夫粱丘據之同也嘉言處已謙待人恕遇事謹爲文簡而工班班然廊廟之姿見者已得於眉宇間異時得志吾君兼善天下推所以與余同者與人則廉藺交遜平勃交歡之事余知其優爲之矣余因其罷官北歸書所以與余同者以與

之别今茲一别噫不知復幾何時而又同歟

送鄭少齊赴官嚴州序

東南多文士西北饒武夫風聲氣俗從古則然閩於江右文風尤盛莆於七閩又其最盛處也士非以科第進者同時輩往往嗤鄙之滎陽少齋家於閩之莆陽號為巨族世以儒顯遭時多艱乃能慨然投筆以介冑起家余甚壯之且又嘉其善達時變然猶未能盡惬流俗耳目雖少齋亦未能以自信初調官新定足將進而趦趄

者屢矣戒途有日告别於余猶以是為慊然余因憶天
聖間王文安公擢進士第一人狄武襄公亦以是年厠
足行伍其後同登政事堂為一代偉人令天下多故比
之仁祖朝大不相侔余所好尚又與時世背馳固不敢
以昔人自期足下以妙年筮仕適朝廷右武之日其人
品地望與狄公萬萬相遼囁掌功名未可量也公其勉
之

送汪守懷忠待舉甫序

中興十有八載邊候不警寰宇乂寧吏稱職民樂業明
天子猶慮夫幽遠之民有不蒙其澤者爰命三衢汪公
以銅虎符典司莆陽分憂寄也公天資溫良吏事明敏
律己嚴待人恕褰帷之日知其俗之可以柔治於是鞭
朴不施惟務德化省徭薄賦與民休息每坐黃堂與吏
民語熙熙愉愉如恐傷之未朞月邦人大化父戒其子
兄詔其弟率相約不至訟庭耕夫蠶婦服勤田里饑而
食寒而衣終歲不見吏迹越二年冬政成言歸于朝邦

人父老無路借冦相與攀轅臥轍者不知其幾輩僕竊謂公之器業如金鐘大鏞皆清廟具游刃千里其槐眲之濫觴乎吏途快足詎可縶耶然公之此行亦豈遽忘情於莆人哉國朝故事二千石辭見天子皆臨軒遣勞葢以重師帥之任而欲知民之休戚也矧主上方徹旒剔纊急聞讜言公歸曆前席之問其為我捐不急鬼神之事而陳治安之策俾眲魚穴蟻盡為王民僕將與海濱赤子同被公之遺愛矣壺山木落壽溪水凝祖帳寒

路青霄在目凡我二三君子執手手岐者請偕賦九罭之章以為善頌取東人欲其留西人欲其歸之義云

跋

跋林襄世子字說

三世業儒鮮有不貴達者況積善之家乎溫陵林襄世九牧裔也緝文種德殆餘百年獨未能燀赫厥聲以丕顯乃祖令襄世諸子嶷嶷然皆令器學殖筆耕困且益堅如良農服田不以水旱輟異時整襟攝纓以文章瑞

朝廷者其斯人歟莆陽黃某紹興癸亥長至日讀温彦基所爲裒世五子字説因書

行狀

潁川太夫人卓氏行狀

夫人卓氏父某隱居壺山以財雄夫人少失父母諸昆擇配以繼室于陳公某家素富而能安陳氏之貧事姑孝而謹事夫義而順處娣姒和而有禮遇親戚敬而有恩此其天資自若無施不可者性好施鄉戚有貧匱者

至傾槖不顧夫人之歸也陳氏先有子周卿夫人生二子曰正卿曰俊卿飲食衣服無絲毫厚薄他人見之不謂陳氏有異母子陳公早卒夫人閉門發居二十四年督諸子學雖所居近市不以貧故令趨利晚年俊卿果以甲科登第鄉人雖服其子之積學而尤多夫人之能教也子既貴夫人勤内治如昔絲枲之事不廢于老子婦恐以勤致疾時諫止之答曰我自樂此不以為疲亦吾職也俊卿以夫人年高再求官于鄰郡便地就養初

為平海軍觀察推官次教授南外宗子紹興二十年十月奉板輿自南郎還里夫人以十一月十六月終于正寢享年七十有一一女適進士吳檀孫男女凡十五人曾孫男女七人將以二十一年九月某日葬于某里某山之某原俊卿使來求狀某與俊卿為同年進士在泉幕又為同僚升堂跪拜夫人者數矣識其行實詳且熟義不敢辭

青詞

設醮青詞

薄宦三年幸逃瘝曠闔門百指皆獲安全物論無他里居如故順寶由於天助福豈自於己求敢罄微誠粗酬夙願爰以始生之日式陳昭答之儀又況某將戒嚴程遠趨魏闕俛仰斗升之禄驅馳名利之場世路艱危方為妻子門戶之計江山重阻豈無盜賊水火之虞終冀聰明曲垂降鑒動獲蓋高之眷不罹無妄之灾論報無階仰觀有踽

赴官設醮青詞

體雖高聽甚卑天實司禍福殺生之柄作乎下應於上人敢忘恐懼脩省之思爰禱于上下神祇用披其肝膽情悰伏念某早緣家學濫取世科多竊天下之虛名無補公家之實効愚且自用每與世以背馳仕專為貧初無心於擇地得官要投迹南荒瘴癘侵人風塵橫路涉山川而冒險阻餘四十程挈老幼以仰手升幾二百指非賴高穹之眷佑敢圖盡室之安全某是用稽首投誠

矢心自誓酌貪泉而操愈廉慎處炎陬而身自清涼仗
忠信為蠻貊之行虛舟涉世庶正直為神明之助全璧
還家

祝祭文

權南恩謁夫子廟

某不佞以天子之命監郡高要越朞月部使者眷恩平
鈌守檄某攝承既治事之三日率諸生展奠致誠某深
惟夫子不陋九夷乘田委吏必躬必親矧令右文之朝

遐荒遠裔化為闕里而某辱在民上以司牧之其敢鄙夷其民以怠厥職先訓有曰其身正不令而行其雖不敏請事斯語

焚告文

某生二十有一年而先君亡既九年而㕑黜科第又七年陛位于朝越明年上有事于郊丘疏恩四海踵故事預朝列者皆有追封之典蓋不獨以為親榮抑亦盡人子之報心也今茲一命序進兩秩此皆先君平生力所

能致而不屑為者曾未足以為榮某之有此爵祿又皆憑藉先君遺德餘休亦曷敢以是為報天其或者昭先君之令德俾某未隕越于下惟是不敢替厥義訓以貽先君羞此某之志也其亦先君之望乎雖然今日之命君命也不敢不告

代呂守祭趙丞相挺之甫夫人遷葬

惟夫人生稟淑質作配丞相恭儉孝義令聞令望中原蕪梗未迈而殂殯于他鄉金陵之墟子持從橐卜居晉

水扶迎輀車不遠千里牛山宅兆水清山幽魂其永依

風木搖秋有食在豆有酒盈卮魂兮不昧庶幾享兹

代吕守祭趙倅棣文

嗚呼子春燕趙之英間關萬里而半剌于桐城惜乎不

得盡子春之才遽與鬼物而為鄰昔我來兹有聯事之

契令我來兹忽涕泗之零吾所以哭子春者故人之情

所以為子春而哭者以此邦之民聞之去冬草寇狂梗

羽書倏至一城心悸而骨驚惟子春義氣奮發先甲冑

之士而一行雖此寇因公而少沮而公因此以病纏于
身今四境已息予春乃隨逝川而東傾邦人識與不識皆
知扣膺痛哭而況予故人吾聞自古聖賢死而有益於國雖
死猶生故聖賢不以生死動心但恐其生死之無名又
聞子春之且終也神定氣平自以為得死不為兒女之
悲嗚然而後事茫然無家可歸無山可墳子春曾不慼
頞吾以是知胷中所蘊與古人而為倫想其英靈不與
草木俱腐而蕩為灰塵薄奠斗酒其能歆予之誠

詞

點絳唇

汪彥章藻出守泉南移知宣城内不自得乃賦詞云新月娟娟夜寒江淨山含斗起來搔首梅影横窻瘦好箇霜天閒却傳杯手君知否亂鵶啼後歸思濃如酒公時在泉南簽幙依韻作此送之又有送汪内翰移鎮宣城長篇見集中比有能改齋漫録載汪在翰苑婁致言者嘗作點

絳唇云云最末句曉鵶啼後歸夢濃如酒或問
曰歸夢濃何以在曉鵶啼後汪曰無奈這一隊
畜生何不惟事失其實而改竄二字殊乖本義

嫩緑嬌紅砌成别恨千千斗短亭回首不是緣春瘦
一曲陽關杯送纖纖手還知否鳳池歸後無路陪尊
酒

千秋歲

賀莆守汪懷忠待舉甫生日汪報政將歸因以送

之

鬱葱佳氣天降麒麟瑞回首處江城外一麾遺愛在萬口歡聲沸人作遠危樓目斷天無際　五馬徘徊地春色隨歸斾壽水緑壺山翠風輕香篆直日暖歌喉脆椒觴舉人人盡祝千秋歲

菩薩蠻

公時在泉幙有懐汪彥章而作以當路多忌故託玉人以見意

高樓目斷南來翼玉人依舊無消息愁緒促眉端不隨衣帶寬　萋萋天外草何處春歸早無語凭闌干竹聲生暮寒

青玉案

公之初登第也趙丞相鼎延見款密別後以書來往秦益公聞而憾之及泉幙任滿始以故事除祕書省正字雅知非當路意故自初赴調躊躇不進寓意此詞道過分水嶺復題詩云誰知

不作多時別又題崇安驛詩云睡美生憎曉色

催皆此意也既而罷歸離臨安有詞云湖上送

殘春已負別時歸約則公之去就葢蚤定矣

鄰雞不管離懷苦又還是催人去回首高城音信阻霜

橋月館水村烟市總是思君處　裛殘別袖燕支雨漫

留得愁千縷欲倩歸鴻分付與鴻飛不住倚闌無語獨

立長天暮

卜算子

公赴召命道過延平郡讌有歌妓追誦舊事即
席賦此
寒透小窻紗漏斷人初醒翡翠屏閒拾落釵背立殘缸
影欲去更踟躕離恨終難整隴首流泉不忍聞月落
雙溪冷
好事近
公到闕除祕書省正字未幾言者迎合秦益公
意騰章于上謂公嘗貽書臺官欲著私史以謗

時政盖公之在泉幙也嘗有啓賀李侍御文會云雖莫陪賓客後塵爲大夏之賀固將續山林野史記朝陽之鳴因是罷歸將離臨安作此詞

所謂故園桃李盖指二侍兒也

湖上送殘春已負別時歸約好在故園桃李爲誰開誰落　還家應是荔支天浮蟻要人酌莫把舞裙歌扇便等閒拋却

菩薩蠻

公罷歸抵家賦此詞先是公有二侍兒曰倩倩曰盼盼在五羊時嘗出以侑觴洪丞相景伯适為眼兒媚詞云瀛仙好客過當時錦幌出蛾眉體輕飛燕歌欺樊素壓盡芳菲花前一盼嫣然媚灧灧舉金卮斷腸狂客只愁徑醉銀漏催歸倩倩先公而卒四印居士有悼侍兒倩倩詩其一曰蘭質蕙心何所在風魂雲魄去難招子規叫斷黃昏月疑是佳人恨未消其二曰含怨銜

辛情脉脉家人強遣試春衫也知不作堅牢玉

秖向人間三十三四印於公為兄行名泳字宋

永徽廟時以童子召見賜五經及第官止郢州

通守

眉尖早識愁滋味嬌羞未解論心事試問憶人不無言

但點頭　嗔人歸不早故把金杯惱醉看舞時腰還如

舊日嬌

卜算子 别士季弟之官

公之從弟童士季其字也以紹興戊午同榜乙科及第有和章云不忍更回頭別淚多於雨肺腑相看四十秋奚止朝朝暮暮何事值花時又是匆匆去過了陽關更向西總是思兄處

薄宦各東西往事隨風雨先自離歌不忍聞又何況春將暮　愁共落花多人逐征鴻去君向瀟湘我向秦後會知何處

眼兒媚 梅詞二首和傅參議韻

公時為髙要倅傅叅議彦濟雱寓居五羊嘗遣示梅詞公依韻和之初公以任滿赴調道過分水嶺有詩云嗚咽泉流萬仞峯斷腸從此各西東誰知不作多時别依舊相逢滄海中及公遭謗歸莆趙丞相鼎先已謫居潮陽讒者傅會其說謂公此詩指趙而言將不久復偕還中都也秦益公愈怒至以嶺南荒惡之地處之此詞蓋以自況也

一枝雪裏冷光浮空自許清流如今憔悴蠻烟瘴雨誰肯尋搜　昔年曾共孤芳醉爭插玉釵頭天涯幸有惜花人在杯酒相酬

朝中措

幽香冷艷綴疎枝橫影臥霜溪清楚渾如姑射孤高勝似東籬　歲寒風味浮花盡處密雪飛時不比三春桃李芳菲急在人知

又 雪梅二首賀方帥生朝并序

方務德滋時帥廣東以啓謝云俾爾黃髮欲三壽之作朋遺我緑琴顧雙金之何報嘗邀公至五羊特為開讌令洪丞相适作樂語有云雲外神仙何拘弱水海隅老穪始識魁星又寄調臨江仙以侑觴云北斗南頭雲送喜人間快覩魁星向來平步到蓬瀛如何天上客來佐海邊城方伯娛賓香作穗風隨歌扇涼生且須灩灩引瑶觥十年遲鳳沼萬里寄鵬程及高要倅滿權

帥置酒令洪内相景盧邁作樂語有云三山宫
闕早窺雲外之遊五嶺鶯花行送日邊之去小
駐南州之别乘胥臨東道之初筵時二洪迭居
帥幙下
元宴司柄雪敷南畆之豐登庾嶺生輝梅報東君之
消息當一陽之來復慶維嶽之降神某官節瑩冰霜
家傳清白遐荒草木之細皆知威名調和鼎鼐之功
終歸妙手願秉穀旦即奉芝凾某望榮戟以趨風適

桑蓬之紀瑞自惟弱植方霑雨露之深恩强綴蕪辭仰祝椿松之遐算敢斬采矚第切兢惶

屑瑶飄絮滿層空人在廣寒宮已覺樓臺改觀漸看桃李春融　一城和氣賓筵不夜舞態回風正是為霖手段南來先做年豐

一翦梅

冷艷幽香氷玉姿占斷孤高壓盡芳菲東君先暖白南枝要使天涯管領春歸　不受人間鶯蝶知長是年年

雪約霜期嫣然一笑百花遲調鼎行看結子黄時

滿庭芳

公自高要倅攝恩平郡有西園乃退食游息之地先嘗賦詩其一曰清樾纔十畝炎飈别一天華堂依恠石老木挿飛烟長夏絶無暑乗風幾欲仙心閒境自勝底處覔林泉其二曰意得壺觴外心清杖屨間簿書休吏早花鳥向人閒舊隱在何許倦遊殊未還天涯賴有此退食一開

顏和者甚多

一徑乂分三亭昂峙小園別是清幽曲闌低檻春色四時留恠石參差臥虎長松偃蹇拏虬攜筇晚風來萬里冷撼一天秋　優游銷永晝琴尊左右賓主風流且偷閒不妨身在南州故國歸帆隱隱西崑往事悠悠都休問金釵十二滿酌聽輕謳

浣溪沙　時在西園偶成

風送清香過短墻烟籠晚色近脩篁夕陽樓外角聲長

欲去還留無限思輕勻淡抹不成粧一尊相對月生涼

滿庭芳

高要太守章元振重九日為生朝公以此詞賀之并序公嘗有賀章守三詠所謂包公堂清心堂披雲樓詩見集中

熊羆入夢當重九之佳辰賢哲間生符半千之休運弧桑紀瑞籬菊泛金輒敢取草木之微以上配君子之德雖詞無作者之妙而意得詩人之遺式殫早悰

仰祝遐壽

楓嶺搖丹梧階飄冷一天風露驚秋數叢籬下滴滴曉香浮不趁桃紅李白堪匹配梅淡蘭幽孤芳晚狂蜂戲蝶長負歲寒愁　年年重九日龍山高會彭澤清流向尊前一笑未覺淹留況有甘滋玉鉉佳名算合在金甌功成後夕英飽餌相伴赤松游

公既南歸適秦益公薨於是大魁張九成劉章王佐趙逵等以次除召公在一輩中最久最滯

故首被命登對便殿言中時病上喜勞問再三面除尚書考功員外郎朝論美其親擢知眷奨之渥繼見朝夕亡何公得疾卒于位享年四十八吁吁痛哉在時號知稼翁因以名集凡十一卷先已命工鋟木而此詞近方捃拾未得其半姑録而藏之以傳後裔謹毋逸墜云淳熙十六年重五日男朝散郎權通判撫州兼管内勸農營田事賜緋魚袋沃謹澤手識于卷末

知稼翁集卷下

總校官舉人臣章維桓
校對官編修臣許兆椿
謄録監生臣余肇錫

圖書在版編目（CIP）數據

知稼翁集 / (宋) 黃公度撰. —北京：中國書店，2018.2

ISBN 978-7-5149-1902-8

Ⅰ. ①知… Ⅱ. ①黃… Ⅲ. ①宋詩－詩集 Ⅳ. ①I222.744

中國版本圖書館CIP數據核字(2017)第319142號

四庫全書·别集類

知稼翁集

作　者	宋·黃公度撰
出版發行	中國書店
地　址	北京市西城區琉璃廠東街一一五號
郵　編	一〇〇〇五〇
印　刷	山東汶上新華印刷有限公司
開　本	730毫米×1130毫米　1/16
印　張	17.5
版　次	二〇一八年二月第一版第一次印刷
書　號	ISBN 978-7-5149-1902-8
定　價	六〇　元